「聖女など不要」と言われて怒った聖女が一週間祈ることをやめた結果↓2

登場人物紹介
アーヴィング
魔法も剣も扱える聖女の騎士。
ただ人の感情に疎く、ルイーゼの
恋心に気がついていない。
ルイーゼ
スタングランド王国の十代目聖女。
アーヴィングへの恋心を
自覚しつつも、聖女としての誇りを
胸に日々を過ごしている。

ロイ
メイデンに仕える
小間使いの少年。いつも
傷だらけのようだが……
メイデン
ルイーゼを目の敵にする
貴族令嬢。ロイのことは
大切に思っている。
クレイグ
公爵位を持ち、聖女制度に詳しい。
聖女研究を求めるアーヴィングに
激しく反対している。
ミランダ
聖女の世話係。
ルイーゼにとって
優しく頼れる存在。

目次

「聖女など不要」と言われて怒った聖女が一週間祈ることをやめた結果↓2

プロローグ

スタングランド王国。

大陸の中では建国から最も歴史が浅く、最も国土が狭い国として知られている。

辺鄙《へんぴ》な場所にあるせいか、他国との関わりはほとんどない。

最大の特徴は、人間に害をなす魔物の少なさだ。

皆無《かいむ》という訳ではないが、命をおびやかすような魔物は驚くほど少ない。

それは聖女の祈りの効果のおかげだ。

スタングランド王国の東側にある古ぼけた岩窟《がんくつ》。

一見するとなんの変哲《へんてつ》もない洞窟だが、そこは魔物の力の源であり魔窟《まくつ》と呼ばれている。

魔窟《まくつ》を放置すれば魔物は凶悪化してしまう。それを聖女の祈りによって抑制しているのだ。

封印と呼ばれるそれには段階があり、日々聖女が祈り続けることで維持されている。

だからスタングランド王国では代々聖女が選ばれ、祈り手としての役割を果たしてきた。

――しかし、十代目の聖女役を担《にな》うルイーゼはある日、第五王子ニックにこう言い渡された。

「キミ、聖女やめていいよ」

平和が長く続いたことで、人々は魔窟《まくつ》の脅威を完全に忘れていた。

魔窟《まくつ》に魔物を強くする作用などない――つまり、聖女は要《い》らないのではないか。そういう疑惑が広がっていた。

それを真に受けたニックは聖女制度そのものを廃止すべくルイーゼをやめさせようとした。

ニックはルイーゼだけでなく、過去の聖女すべてを否定する。

「何度でも言わせてもらおう、聖女など不要だ」

そう言われたルイーゼは怒りを露《あら》わにした。

自分が悪く言われるのは構わない。だがここで引きさがったら、これまで王国の平和を願い、祈り続けてきた歴代の聖女たちをも貶《おとし》めることになる。

魔窟《まくつ》の危険と聖女の必要性を思い出してもらうには、ニックに祈りの効果を実感してもらわなければならない。

そこで、ルイーゼはニックにこう提案した。

「一週間、祈りをやめます」

祈りをやめても変わらなければ、ルイーゼは潔《いさぎよ》く聖女をやめる。

しかし、魔物に変化が起きれば――ニックは聖女の必要性を認め、直《ただ》ちにルイーゼに謝罪する。

提案を受けたニックにより、ルイーゼは手出しができないよう離れた場所に幽閉されることになった。

世話役のミランダ、騎士のアーヴィング。さらに建物周辺は騎士が見張っているという環境だ。

三日もすれば封印の段階が下がり、魔物は比べものにならないほど強くなる。

すぐにニックは考えを改め謝罪するだろうと思っていたが――強情な彼は祈りの効果を信じず、騎士を動員して強化された魔物を抑え込もうとして失敗した。

大きく事態が動いたのは四日目。

強化された魔物に身体を潰された冒険者がルイーゼを訪ねてきた。

犠牲《ぎせい》が出ること、非難されることを覚悟の上で祈らないことを選択したルイーゼだったが、さすがに傷付いた人を放置することはできなかった。

ルイーゼは聖女の力のひとつである『癒しの唄《うた》』で冒険者を治療した。すると、命令に従わないルイーゼに不満を募らせていた騎士の一人が彼女の頭を殴りつけた。

それに激昂《げきこう》したのは――ニック王子の手先だと思われていたアーヴィングだった。

騎士を殴り飛ばした彼は、血を流して気絶するルイーゼを抱き、嗚咽《おえつ》を漏らす。

なんと彼の正体は七年前、ルイーゼが命を救ったこの国の第七王子だった。

彼は助けてもらった恩に報いるため、敵の監視役と入れ替わりルイーゼを救う機会を窺《うかが》っていたのだ。

まるで物語に出てくる一途な白馬の王子だ。ルイーゼとアーヴィングはたちまち恋に落ちる。襲いかかるSランクの魔物・スライムの『女王』も愛の力で退け――

「――って、ダメダメ。妄想が入っているわ」

ルイーゼは手を止め、息を吐くと共に天井を仰《あお》いだ。机の上に散乱する紙には文字がぎっちりと書き込まれている。

今、彼女が作成しているのは聖女に関する文献の下書きだ。

祈りだけではない。こうした事務作業も聖女の仕事なのだ。

書き残す出来事がなければする必要はないが、この数ヶ月はそうはいかなかった。

聖女追放未遂、封印の解放、教主の不正――何もなかった七年間を埋めるかのように短期間に多くの出来事が起こった。

まとめるのも一苦労な事件を文書にすべく、ルイーゼはかれこれ数時間頭を悩ませている。根を詰めたので頭が疲れ、少しばかり妄想に走るのも無理はない……と、心の中で言い訳をした。

「『たちまち恋に落ちる』……か。本当だったらいいんだけど……現実は辛いわ」

愛の力云々《うんぬん》は事実ではないが、ルイーゼが恋をしていることはまぎれもない事実だ。

少なくとも、こんな恥ずかしい妄想をしてしまう程度にはルイーゼはアーヴィングを好いている。

これまでルイーゼは恋愛に興味がなかった。

教主の洗脳がそうさせていたのかは分からないが――市井《しせい》の恋愛小説を読む程度で十分に満足できていた。

なのに、一瞬だった。

アーヴィングが「必ず守ってやる」と笑いかけるのを見て、ルイーゼは恋に落ちてしまった。

単純な自分に一時は落ち込んだが……彼は勝てる見込みのない魔物と果敢《かかん》に戦い、言葉通りルイーゼを守り抜き、さらには黒幕であった教主の魔の手からも救ってくれた。

これで意識するなという方が難しいだろう。

そんなアーヴィングだが、彼自身は目的をまだ達成していない。

封印の祈りは、祈りを行う聖女の寿命を削る。それを止めることはできない。

そのため、聖女は平均して十年程度しか生きられない。

言わば聖女は人身御供《ひとみごくう》だ。アーヴィングはそれを『聖女の楔《くさび》』と呼んでいた。

彼の最終目標は聖女の楔《くさび》を抜くこと――つまり、アーヴィングはルイーゼに聖女をやめさせようとしている。

ルイーゼはそのことを複雑に受けとめていた。

聖女という役割は何の取り柄もないルイーゼに居場所を与えてくれた。それに素晴らしい人物――先代聖女クラリスとの出会いももたらしてくれた。人々に感謝されなかったとしても、人々を幸せにしているという充足感もある。

このまま聖女を続けたい。しかし、ルイーゼを救いたいと思ってくれるアーヴィングの願いを無下にもできない。

だからルイーゼは、彼にこう提案した。

『私に祈りをやめさせたいなら、聖女が不要であることを証明して』と。

皮肉にも、騒動を起こしたニックにより聖女の必要性は証明されてしまった。

スタングランド王国は、聖女の祈りなくして平和に存続することは不可能——聖女をやめさせるには、聖女の祈りに変わる何かを見つけ出す、あるいは魔窟《まくつ》そのものを破壊するしかない。

どちらかを成し遂げられれば、聖女は不要だということが証明されるだろう。

この百年間誰も達成し得なかったそれをアーヴィングが達成した瞬間、ルイーゼは真の意味で解放されるのだ。

それで人々が怯えることなく暮らせるのなら、ルイーゼは——複雑ではあるが——聖女をやめる覚悟を決めていた。

——それまで恋愛はおあずけだ。

現状、どちらも途轍《とてつ》もない難題ではあるが。

アーヴィングからは「深い関係になるつもりは毛頭ない」と言われ、魔窟に関してのヒントは全くない。

「前途多難って、こういうことなんだなぁ」

ぼやきながらルイーゼは、新しく紙を用意しながらペンを握りなおす。

「ルイーゼ、今日は式典じゃなかったかい。そろそろ用意しないと遅れちまうよ」

その時ノックと共に入ってきた人物——ミランダを見て、ルイーゼは悲鳴じみた声を上げる。

「ああっ⁉ そ、そうだった！」

ペンを放り出し、ルイーゼは椅子から飛び上がった。

「朝食はできているから、着替えたらすぐにおいで」

「はいっ」

昼の式典開始までまだ時間はあるだろうが、ここからさらに化粧をしなければならない。自分ではできないので、王宮のメイドに全て丸投げする予定だ。

その時間を考えると、かなり際《きわ》どい。

聖女の価値が見直されてから、ルイーゼは忙しい日々を送っている。しかしミランダやアーヴィングの献身的な協力により、生活は以前と比べるべくもなく快適になった。

特にミランダの力が大きい。彼女はルイーゼの健康管理のみならず、聖女の仕事の段取りなども率先して行ってくれる。

あまりに満たされすぎて、聖女の研究などせずこのままでいいと思ってしまうほどだ。

『聖女は質素であるべきだ』と言っていた先代聖女クラリスを思い出す。

当時の彼女の生活を『質素』と表現するのが適切かは些《いささ》か疑問だが、仕事は一人でやっていた。

教会で浮いた存在だったクラリスに協力していたのは、ルイーゼだけだった。

(懐かしいな。そういえば、私も『式典に遅れますよ』っていつも言っていたなぁ)

今のルイーゼには、クラリスとの会話がずいぶん昔のものに思えた。

▼
▼
▼

「いいかルイーゼ、聖女は質素であるべきだ」

——まだルイーゼが聖女ではなかった頃、先代聖女クラリスはそんなことを言っていた。

「私たちの生活には民の税が使われている。私はそれが無駄に流れていくのが耐えられない」

静かに目を伏せ、首を振るクラリス。

「式典なんてせず、民のために税は使うべきだ」

聖女は為政者ではないが、どちらかと言えば国を運営する側——つまりは、税をもらう側だ。

だから彼女の言葉は、税をもらう側としてはとても高い志を持っているように聞こえる。

「とても立派なお考えだと思いますよ。お酒さえ飲んでいなければ」

ベッド脇に転がった酒瓶を見ながら——昨日まではみんな中身が入っていたはずだ——、半眼でルイーゼはそう返した。

先程の立派そうな物言いは、二日酔いで式典に出たくないからと咄嗟《とっさ》に思いついた詭弁《きべん》に過ぎないことをルイーゼは知っている。

さあ行きましょう、とクラリスの身体を揺すると、彼女はとたんに頭を抱えた。

「ま、待て。揺らすな。二日酔いなんだ」

「今日は式典があるから、お酒は控えてくださいって言ったじゃないですか！」

ルイーゼが仁王立ちになって怒りを露《あら》わにすると、クラリスは情けなく眉を下げた。

「苦手なんだよあーゆーの。私が出ても一言二言喋らされるだけじゃないか」

「参加することが大事なんじゃないですか」

「じゃあ代わりにお前が行って演説してくれよ」

「だったら私を後継者と認めて、聖女の力の継承をしてください」

クラリスのもとで下働きを開始してから、既に半年が経過していた。後継者に相応《ふさわ》しいかを判断すると言われた三ヶ月はとうに過ぎている。

家に追い返されないということは少なからず見込みありと思われているようだが。

ルイーゼとしては非常にやきもきしている。

「……分かった、分かったよ」

渋々、嫌々、そんな様子を隠そうともせず、クラリスはベッドからのそりと起き上がった。寝覚めに珈琲《コーヒー》や紅茶を飲む貴族は多いが、彼女の場合はタバコだ。

指を弾いて火を点《つ》ける。気軽に吸いたい、という思いだけで習得した、クラリスが使える唯一の魔法だ。

「うめぇ」

幸せに浸るクラリス。

ルイーゼは匂い消しを用意しつつ、嘆息した。

「祈りの時間にはきっちり起きるのに……」

前日にどれだけ夜更かしをしても、クラリスは祈りの時間には必ず目を覚ます。まるで精密な時計が身体の中にあるかのようだ。

しかし祈り終えると、いそいそとベッドに戻ることが多い。

ルイーゼが見てきた限りでは、式典の日には必ず二度寝している――ここまで来ればもう確信犯だろう。

朝晩の祈りや、人々を癒している間のクラリスはとても素敵でかっこいい。自分を認めてくれない家族に褒《ほ》められたいという不純な動機から聖女を目指したルイーゼが、今では純粋にクラリスのような聖女になりたいと憧れるほどに。

だが、それらすべてが帳消しになるほど、それ以外の仕事はとことんやる気がない。

「祈りは……まああれだ。聖女の勤めで、『祝福』ってやつだからな」

「式典も同じですよ」

「全然違うんだよなぁ」

「……？」

煙《けむ》に巻くような物言いに、ルイーゼは眉をひそめた。

クラリスはタバコを口の端に咥《くわ》えたまま、笑う。

「そのうちお前も分かるようになる……そんな日、来ないに越したことはないんだがな」

ぽん、とルイーゼの頭に手を置くクラリス。

たまに彼女はとんでもなく優しいことがある。そういう時は決まって、今のような目をする。

寂しそうな——悲しそうな。

▼
▼
▼

今のルイーゼなら、当時のクラリスの気持ちをある程度推測できる。

あの時のクラリスの言葉は、一度聖女になればもう祈りをやめることができないことを示唆していたのだろう。

泣いても、喚《わめ》いても、絶望しても、聖女を――祈りを続けなければならない。

クラリスはそのことを指して『祝福』と呼んでいた。聖女として逃れられない役目の継承――それが『祝福』とはなんとも皮肉な物言いだ。

下働き中、聖女なんてろくでもない、やめておけと再三言われた。

見定める期間をあえて長くして継承を焦《じ》らしていたのは、ルイーゼが痺《しび》れを切らして逃げ出すことを期待していたのだろう。

しかしルイーゼは折れず、聖女となった。

あれから七年。紆余曲折《うよきょくせつ》の四文字では到底表現できないくらい遠回りをしてしまったが、ようやく一歩を踏み出せる。

ルイーゼは思い出を噛みしめながら、王宮に用意された控室へと向かう。

聖女の本分は魔窟《まくつ》に祈りを捧げて魔物の力を抑え込むことだが、月に一度ほどこうして国の式典に参加することがある。

大抵は国王の誕生祭だとか豊穣を祈願する催しなどで、出たからといって何かをしなければならない訳ではない。

その場合の参加意義は『聖女ここに在《あ》り』と存在を誇示するためだ。

しかし、今日は違う。

奇《く》しくも、今回は聖女が中心の式典なのだ。

初代聖女が魔窟《まくつ》の脅威を取り去った日、スタングランド王国にとってはじまりの日を記念する式典だ。

つまり、ルイーゼが前に出て、自分の言葉で話さなければならない。

「うう……緊張する」

クラリスにはあれだけ口うるさく言っていたが、ルイーゼも人前に出るのは苦手だ。

裏でひっそりと人々の生活を支える地味な役目のほうがよほど性に合っている。

「そんなに縮こまってどうするんだい。今日の主役はアンタだよ」

「……ミランダさぁん」

控え室の隅でいじけていたルイーゼをミランダがひょいと持ち上げ、姿見の前に降ろす。

式典用の法衣はいつもより豪華で、色は同じ白だが、材質の違いが見ただけで分かる代物《しろもの》だ。金の刺繍《ししゅう》が表面に走り、ルイーゼの美的感覚では到底理解できない幾何学《きかがく》模様を描いている。袖や裾もいつもより長く、足は見えない。

メイドにより化粧が施された顔は、自分ではないようだ。

目がいつもより大きいし、肌も白い。頬は少しだけ紅が差し、白と相反してとても健康的に見える。鼻は高くなっているし、気のせいかいつもより小顔だ。

——これらがすべて化粧の力によるものかと思うと、恐ろしいほどの変化だ。

「情けない声を出すんじゃないよ。ほら、背筋を伸ばして胸を張りな」

いつもの法衣は軽くて丈夫な素材を使っているが、式典用のものは普段着を想定しておらず、装飾のせいで重い。

教主クロードに洗脳されていた時は着ただけで疲労困憊《こんぱい》していたが、今はそうでもない。ずしりとした感触はあるものの、肉体的な疲労は軽微だ。

自分がいかに被虐《ひぎゃく》されていたかつくづく実感する。

「うう……」

いつも通りの格好——裏方なので当然だが——のミランダに帽子を手渡され、それを頭に被る。

そしてルイーゼは予想していたよりも広い視界に目を瞬《しばた》かせた。

いつもならあるはずのものが、ない。

「あれ、ミランダさん。ヴェールはどこですか」

これまでルイーゼは式典の時、いつも顔をヴェールで隠していた。

しかしミランダから渡されたこの帽子にはそれがない。

「ああ、取ったよ」

「なんでですか⁉」

「隠さなきゃならない決まりなんてないだろ？　アンタの今の顔をみんなに見せておやり」

ミランダの言葉は間違っていない。

ヴェールは慢性的な栄養不足だった彼女の顔色を隠すために、教主クロードがつけたもの。つまり、なくても全く問題はない。

実際クラリスは式典でヴェールなどはつけていなかった。

「駄目です駄目です！　あれがないと……」

「聖女様。登壇をお願いします」

代わりに顔を隠すものを探すルイーゼに、やってきた騎士が時間切れを宣告する。

「う……うぅぅぅう」

恨めしくミランダを睨むが、彼女は爽やかな笑顔で親指を立てた。

「大丈夫。自分に自信を持ちな」

▼

「ルイーゼ。準備はいい……か」

ルイーゼが廊下に出ると、待ち構えていたアーヴィングが出迎えてくれる。

彼は、ルイーゼの姿を見た途端にピタリと動きを止めた。

「どうしたの、アーヴ？」

彼の愛称を呼び、小首を傾げる。するとアーヴィングはぼそりとなにかを呟いた。

「か、かわ……ぃ」

「皮？」

かつてのルイーゼは光に弱く、日差しの強い日に外へ出ると肌が赤くなり、酷い時には薄皮が剥《は》がれていた。

まさか顔のどこかに薄皮でも付いているのかと頬を撫でるが、メイドに塗りたくられた白粉《おしろい》が手に付着しただけだった。

ごほん！　と大げさに咳き込むアーヴィング。

そしてルイーゼから微妙に目を逸らし、頬を掻《か》いた。

「……いつもと雰囲気が違うな」

「うん。お化粧してもらったから」

「そ、そうか」

そう言うアーヴィングも、今日は実用性皆無《かいむ》の装飾が施された鎧《よろい》と剣を装備し、式典用の出で立ちになっている。

こうして見ると、やはり王の血筋を引いている『気品』らしきものが確かに感じられた。

アーヴィングはまたフイと顔を逸らし、ぶっきらぼうに告げた。

「行くぞ」

「ねぇアーヴ。私の顔に何か付いてる？」

「大丈夫だ。何も付いていない」

「本当？」

ではさっきの「かわ」とはどういう意味なのだろうか。

姿見で確認した時に妙なものはなかった。そこから移動している間に何か顔に付いてしまったのではないか。

物凄く真面目なことを言っているのに、顔に妙なものが付いていては物笑いの種だ。

アーヴィングのはっきりしない物言いに不安が募る。

ルイーゼは彼のマントを引っ張り、再び問いかけた。

「ねぇ、本当に何も付いてない？　こっち見て確認してよ」

「俺を殺す気か」

「どういう意味⁉」

直視できないほどの何かがあるのだろうか。

しかしいくら頼んでもアーヴィングは振り向こうとしてくれない。

「鏡、見直してくる」

「その必要はない」

「じゃあなんでこっちを見てくれないの？」

「……見れば安心か？」

アーヴィングはやや逡巡《しゅんじゅん》したのち、ルイーゼと目を合わせた。

端整な顔立ちに、ルイーゼの胸が鼓動を速める。

(よく考えたら、好きな人にこっちを見てって、すごく恥ずかしいお願いじゃない？)

「……大丈夫だ。何も付いていない。だから自信を持て」

「う、うん」

アーヴィングは視線を逸らしてから、なぜか廊下の壁に自ら頭をぶつけた。

「……俺もまだまだ修行が足りんな」

「？」

その行為の意味は分からなかったが、なんだか緊張が解《ほぐ》れた。

（——もしかして、そのために話しかけてくれたのかな）

あえて気になる物言いをしたのち、場の雰囲気を弛緩《しかん》させるため奇行に走る。思いっきり突っ込みを入れたおかげか、強《こわ》ばっていた心も身体も、心なしか軽くなっていた。

とんでもなく遠回りだが……彼らしいやり方かもしれない、とルイーゼは納得した。

「ありがと、アーヴ」

「？　あ、ああ」

「——では、第十代聖女ルイーゼ様よりお言葉を頂戴します」

長い廊下を渡り、ルイーゼは群衆が待つ広場へと姿を見せた。

そして、ルイーゼが出た途端、それまでざわめいていた人々の声がぴたりと止んだ。

▼

一般大衆の多くは聖女の姿を見たことがなかった。

ルイーゼの代になってから、『癒しの唄《うた》』による治療は多額の寄付金を教会に支払った者にしか行われなかったから。

だから驚いた。

貴族たちは聖女の姿を見る機会はあった。

式典に出れば遠目ではあるが、見ることはできたから。

しかし驚いた。

「――まず、皆様へ謝罪しなければならないことがあります」

光を反射する銀の髪。意志の強い蒼い瞳。白い肌。凛《りん》とした佇《たたず》まい。

「私は一週間もの間、聖女としての職務を放棄していました。理由の如何《いかん》を問わず、許されないことです」

真一文字に引き締められた唇から零れるルイーゼの声は、まるで天使の賛美歌のようだ。

「凶暴化した魔物によって傷を負った者、命を落とした者――すべて、私の責任です」

手を伸ばす。一歩前に出る。首を振る、その小さな所作さえも。

ルイーゼの所作ひとつひとつに、その場に居た者は呑み込まれていた。

「あつかましいお願いがあります。私、ルイーゼ個人を恨むのは自由です。しかし――聖女を恨まないでください。すべての責任は私にあります。恨み、憎しみの心は、私だけに向けてください」

（ああああああ緊張するぅぅぅぅぅぅ!?）

彼女の美しさに言葉を失う周囲とは裏腹に、ルイーゼは静まりかえる民衆のプレッシャーに押し潰されそうになっていた。

飛びそうになる台詞を必死で繋ぎ止め、噛まないよう諳《そら》んじるが、そのたびに静まる空気に、「あれ、私ヘンなこと言っちゃった!?」と疑心暗鬼に駆られる。

顔を隠してその場にうずくまりたい。

アーヴィングの後ろに隠れたい。

奥に引っ込んでミランダの胸に飛び込みたい。

（ク……クラリスさん、私に力を……！）

式典を嫌がってはいたものの、クラリスは緊張というものを知らない。前に出ればそれなりにそれらしいことを事前準備なしに言える胆力があった。

祈りの姿と同じように、彼女の姿をなぞる……！

凛《りん》とした佇《たたず》まいを装いつつ、内心でルイーゼは己自身と必死に戦っていた。


式典には、聖女を憎む者も参加していた。

先の戦いで深い傷を負った者、相棒を失った者。彼らは罵詈《ばり》雑言《ぞうごん》を飛ばして式典を――自分が捕まることを厭《いと》わず――邪魔してやろうと、民衆にまぎれ込んでいた。

しかし彼らは野次を飛ばすことなく、ルイーゼの言葉に聞き入っていた。

「巷《ちまた》で聖女不要説が広まったのは、私がそれを払拭《ふっしょく》するほどの活躍ができなかったせいです。魔窟《まくつ》の封印は今も不安定な状態にあり、冒険者や騎士の皆様には今もご迷惑をおかけしている状態です。本当に……本当に、申し訳ありません」

「……とんでもねぇ」

反聖女派の誰かが、そう呟いた。

彼らはずっと聖女への不満を漏らしていた。

──聖女の祈りなんて要《い》らないだろ！

実際に祈りが止まると、本来の強さを取り戻した魔物の前から尻尾を巻いて逃げ出した。

──聖女が仕事をしなかったせいで俺たちはこんな酷い目に遭った！

それからは聖女への不満がそんな風に変わった。前の不満と矛盾していることには気がつかないまま。

そんな自分をルイーゼの言葉でようやく省《かえり》みることになり、彼らは情けなさに涙した。

一方、貴賓室からルイーゼの演説を見ていた貴族たちも驚きに包まれていた。

以前のルイーゼはヴェールで顔を隠していた上、演説は教主クロードが行っていた。

だからほとんどの者が、彼女について名前しか知らないという状態だった。

破天荒だった前聖女クラリスと比べて地味だったことも遠因となり、彼女を記憶に留めている者は居なかった。

今、この瞬間までは。

「なんという美しさだ……」

誰かの呟きに、誰もが胸中で頷いた。

ミランダの徹底した食事と運動管理により、ルイーゼは健康のみならず、失っていた本来の美しさも取り戻している。

今回の式典を通じ、誰もが彼女の美しさに気付き、驚愕《きょうがく》していた。

――気付いていないのは、当の本人だけだ。

「今回のような過ちを犯さぬよう、職務を全《まっと》うします。さらに――」

ルイーゼの言葉は続く。身体を少しだけ脇に避け、彼女の後ろに立っていた一人の男を手で示す。

「ここにいる私の騎士アーヴィングが主導する聖女研究所に、この身を捧げることを宣言します」

静まり返っていた聴衆に、ざわめきが波のように広がっていく。

「聖女研究所の目的はただ一つ。聖女の力の源を解明し、魔窟《まくつ》を破壊することです」


高らかに響くルイーゼの声とともに、貴賓室の中にそれ以上の動揺が広がっていた。

「馬鹿な！」

「聖女自ら聖女の神聖性の破壊を奨励する……だと？」

聖女の力は唯一無二。その恩恵に与《あずか》っていれば一生を安泰に暮らすことができる。

貴族たちが考える聖女の神聖性とは、身も蓋もない言い方をすれば金につながる能力だ。

だから彼には、手に入るはずの莫大な財をルイーゼが放棄しているように見える。

しかし彼らは知らない。

聖女が命を削って祈りを捧げていることも、聖女に向かうはずの金を教主クロードが吸い上げていたことも、ルイーゼ自身には資産がないことも。

だからルイーゼの宣言は、とても奇異に映った。

彼らの視線はルイーゼだけでなく、アーヴィングにも及んでいた。

「雲隠れ王子が……どんな手を使った？」

「王位継承権がないことが唯一の救いか」

「聖女の権力を利用すれば、彼が再び継承権を持つことも可能なのではないか？」

「……ありえん話ではない」

今の聖女は権能の塊だ。ルイーゼが望めば、どのような願いでも押し通る可能性は十分にある。

王位継承権を再度手に入れるだけではない。もしかするとアーヴィングが王位に座すことも——

そうなれば、宮廷闘争の戦局は一気に混迷を極めることになる。

「しかし、いくら王子であっても実績がなければ復権など望めんぞ」

「実績ならもうあるだろう。Sランクの魔物……スライムの『女王』を退けたという」

「それに関しては他の王子が手を打っている」

「もみ消されることを見越して研究所を立ち上げたのでは？」

「ということはやはり、アーヴィングは再度王位継承権を得ることを狙っている……？」

勝手な議論を白熱させる貴族たちの傍《かたわ》らで、一人の男が壇上に立つ聖女を、鷹《たか》のように鋭い目で睨んでいた。

「……人形め」

その目は、確かな殺意を孕《はら》んでいた。

▼

「緊張したぁ……」

「お疲れさん。頑張ったね」

演説を終え、控え室に戻ったルイーゼは力なく椅子にもたれかかった。

あんな大勢の前で顔を晒《さら》して演説するなど初めてのことだ。

途中からは覚えた台詞を話すだけで精一杯だった。

あの騒動でニック王子に呼び出された時――確か、十人も居なかった――ですら足が震えたのだ。

何百、何千という人数を前にして震えない訳がない。

「馬車を用意しておくから、ゆっくりおいで」

「は……はい」

足が震えて上手く歩けないルイーゼを気遣い、ミランダは先に部屋を出て行った。

(なんだあいつは、とか思われてるんだろうなぁ……)

これまで散々、陰口を叩かれてきた。

愛想が悪い、のろま、育ちが悪い。

そういうのにはもう慣れてしまって、ルイーゼは見知らぬ人からの言葉には強い。

『勝手に言えば』と思えるようになった。

そのはずだったが、流石に数千人もの前に立てば揺らいでしまう。

(せっかく聖女への信仰が戻ったのに、今日の演説で減っちゃったら……あああ……)

実は、多くの反聖女派が今日の演説を機に聖女派へと鞍替えしたのだが——ルイーゼがそのことを知るのは、かなり先のこととなる。

ルイーゼはその後、なんとか足の震えを抑え、王宮の廊下を真っ直ぐに歩く。

式典は終わったが王宮内にはまだ多くの貴族が残っている。猫背でだらだら歩く姿を見られる訳にはいかない。

なるべく背筋を伸ばし、聖女らしく堂々と振る舞う。

途中、幾人もの貴族から声をかけられる。

無視する訳にもいかない。その度にルイーゼは足を止め、応対を求められた。

(早く帰りたいのに……なんで今日に限ってこんなに声をかけられるの⁉)

「先を急ぎますので」というお決まりの言葉を置いて逃げること数回。

気持ち早足で歩くルイーゼの前に、一人の少女が立った。

(うわ、すごく綺麗な子……)

ルイーゼの第一印象はそれだった。

身に纏《まと》うのは黒を基調としたドレスと、緩やかなウェーブのかかった黒髪。思わずルイーゼは目を奪われた。

貴族は金髪や銀髪が多い。根拠はないものの、暗い色の髪は平民の血が混ざっている……などと言われるため地毛を染める者も多いが、少女は黒髪を保っている。

すっきりとした目鼻立ちと、白い肌。猫を思わせるアーモンドアイに、どこか無機質な表情。

一見するとマイナスポイントに見えるそれも、少女の美しさを際立たせる道具になっていた。

黒髪の少女はスカートの端を持ち上げ、ルイーゼに美しいお辞儀をした。絹のようになめらかな黒髪に光が反射し、天使の輪が見える。

「先程の演説、素晴らしいものでした。高潔な志に感動を禁じ得ません」

「どうも、ありがとうございます」

ルイーゼも咄嗟《とっさ》にお辞儀を返した。

落ちついた雰囲気と気品を持ち合わせた少女は、年齢以上に——おそらく、まだ十六くらいだろう——大人びて見えた。

何も知らない者なら、ルイーゼの方が年下だと思うかもしれない。

ルイーゼは目の前の少女をまじまじと見つめた。

話しかけてきたのが年齢の近い少女であること。それがルイーゼから緊張を幾ばくか取り払ってくれた。

さっきまで話しかけてきたのが年上の男性貴族ばかりだった、ということもあるかもしれない。

ほんの少しだけ、彼女と話をしたいという気持ちが湧いた。

「……」

しかし、何を言えばいいのか分からない。

（そういえば、年の近い子と話したこと、全然ない……）

ルイーゼは元男爵令嬢だ。普通であれば、社交の場に出る機会はいくらでもあった。

良い嫁ぎ先を見つけることで家族に認めてもらう――そういう方法を思いついたこともある。

もちろん、結果は言うまでもないが。

聖女になった後も、話をするのは年上の神官ばかりだった。

己の経験不足を自覚したルイーゼは胸中で頭を抱える。

ルイーゼが何も言わないからか、黒髪の少女は、すすっ……と、廊下の端に退いた。

「足止めして申し訳ありません。お急ぎでしたよね」

「あ、うぅ――ええ、そうです」

先程ルイーゼに話しかけてきた貴族がまだ視界の端に居る。

ここで時間があります、なんて言えばまた呼び止められるかもしれない。

ルイーゼは泣く泣く、少女との会話を諦めた。

（年の近い友達が欲しいなぁ……）

第一候補として騒動の時に出会ったピアがいるが、庶民で冒険者の彼女は身分差を気にして一定の線を越えてこない。困った時に力を借りられる仲間ではあるが、友達になるのは難しそうだ。

平民から見た聖女は近寄りがたい存在に思えてしまうのかもしれない。

もっと親しみのある聖女を目指したいところだ。

(あとは女の子同士でするような話題も考えておかないと)

次、同じような機会に恵まれた時は会話を弾ませたい。

そう思いながら少女の横を通り過ぎると――すれ違い様、彼女は小さな声で呟いた。

「――」

「え？」

ルイーゼが振り向くと、彼女はもう背中を向けて歩き出していた。

一瞬。たった一瞬だが、少女の表情は豹変《ひょうへん》していた。

まるで親の仇《かたき》を見るような目。

そして口から出た言葉も、呪詛《じゅそ》のように憎悪を含んでいた。

――偽物の分際で。

小さな声だったが、しかしはっきりとそう言っていた。

「……どういう意味？」

訳が分からず、ルイーゼは首を傾げた。

▼

無事に貴族たちの声かけを乗り越えたルイーゼは、とある場所に来ていた。

ぽつぽつと、ルイーゼはこの場にはいない『彼女』に語りかける。

「これで、あの事件以降のゴタゴタはようやく一段落つきました」

ルイーゼが週に一度祈らない日――俗に言う『聖女の休日』――を設けたことなどは既に公表していたが、魔窟《まくつ》の研究に関してはまだだった。

今回の式典で、魔窟《まくつ》の研究を行うことを大々的に周知した。

反応は様々だったが、国民には概《おおむ》ね好意的に受け止めてもらえたようだ。

魔窟の脅威を思い出した人々にとって、あの古ぼけた岩窟は風景の一部から消し去りたい対象へと変化した。

「これからもっと忙しくなります。……ここにも、あまり来られなくなるかもしれません」

金持ち以外を締め出していた治療院も開放した。

祈り、公務、治療院、そして研究。今までよりも忙しくなることは容易に想像できた。

「私が来なくても、寂しいって……思わないですよね、あなたは」

ルイーゼの言葉に返事はないが、構わず両手に抱えていたものを置いた。

「はい、お花と――あなたが好きだったお酒とタバコです」

ルイーゼの目の前にあるのは墓だ。墓石にはとある人物の名が刻まれている。

――第九代聖女クラリス、ここに眠る。

「私としては、『聖女』の役割はこのまま残っていて欲しい気持ちもあります」

聖女は必要である。それがルイーゼの持論だ。

残酷な面もあるが、期待されない、関与されない、認めてもらえない――そんな少女時代を過ごしたルイーゼを救ってくれたのはまぎれもなく聖女という役割だ。

クラリスという、目標とすべき人物とも出会えた。

聖女であること。それは今のルイーゼにとって文字通り『すべて』だ。

聖女でなくなれば――ルイーゼには何も残らない。

「けど……やっぱり、アーヴには聖女の不要を証明してほしいです」

ルイーゼは祈ることがスタングランド王国全員の幸せに繋がると考えていた。

しかしアーヴィングは、その『全員』の中に一人だけ入っていない人物が居るという。

ルイーゼ自身だ。

初め、ルイーゼはアーヴィングの言葉に納得できなかった。聖女であることに何の不満もなかったし、誰かを支えること自体が幸せだったからだ。

たとえルイーゼが寿命を迎えるまであと三年ほどで、もしかしたら明日から死の兆候があらわれたとしても。

聖女でなくなり、誰からも必要とされなくなる。そちらの方がよほど怖い。

だから現状維持が一番。これまでのルイーゼだったら、結論をそこに落ち着けていただろう。

しかし今は違う。

「やりたいことができたんです」

ルイーゼはクラリスの墓石に向かい、薄く微笑む。その頬は少しだけ朱に染まっていた。

聖女として使命を全《まっと》うすることのほかにも、やりたいことができた。

それは――アーヴィングとの恋を成就させること。

涙を流していた彼。

「必ず守る」と微笑んだ彼。

真剣な表情で騎士の誓いを立てた彼。

どの瞬間のアーヴィングも、ルイーゼの心を捕えて放さない。

もしクラリスが生きていたら、それ見たことかと笑うだろう。

俗物的だと言われても構わない。ルイーゼは聖女だが、聖人ではないのだから。好きなものは好き、嫌いなものは嫌いと言える歴《れっき》とした人間だ。

「もしかしたら聖女の不要を証明するよりも難しいかもしれません。でも、私は負けません！」

アーヴィングがルイーゼを恋愛対象として見ていないこと以外にも障害はある。

聖女はその身を王国に捧げる存在。故に誰かと婚姻を結ぶことはできない。

教主クロードはその不文律をねじ曲げてまでルイーゼを側に置こうとしていたが。

もちろん、公にしない関係ならなれる。

聖女の特権を利用し、男を囲っていた聖女も過去にいたらしい。

しかしそれはルイーゼの望むものではない。

神の前で愛を誓い、皆に祝福されること――有《あ》り体《てい》に言えば、『好きな人のお嫁さん』になることが目標だ。

今も好んで読んでいる市井《しせい》の恋愛小説。自分には関係ないと第三者視点で見ていたが――アーヴィングの登場により、一気に目線が変わった。

ルイーゼがアーヴィングと結ばれるためには、聖女の不要が証明されなければならない。

もっとも、その後には『彼に見初められる』というとんでもなく厚い壁があるが。

――聖女。

――魔窟《まくつ》。

――脈なし。

立ちはだかる壁はとんでもなく高く大きいが――あらゆる障害を乗り越え、この願いを達成したいとルイーゼは強く思っていた。

「まずは意識してもらえるところから少しずつ始めていきます」

恋愛は一日にして成らず。聖女の不要を証明したとして、そこから行動を始めたのでは遅い。

告白は先延ばしにできるが、アーヴィングの意識は少しずつしか変わらない。

アプローチは今この瞬間からかけていく必要がある。

――とはいえ、自分から口付けをする勇気はもうないが。

あれはあの一瞬、ルイーゼの中で最高に気分が盛り上がったからこそできた芸当だ。今やれと言われたら恥ずかしさで顔から火の魔法が出るだろう。

焦らず、徐々に距離を詰める。できるのはそのくらいだ。

だが、それでいい。

「ゆっくり関係を築いていって……そうですね、聖女の不要が証明できたタイミングで彼に告白しようと思います」

その頃にはアーヴィングに意識してもらえていますように――ルイーゼは未来の自分にエールを送りながら、クラリスの墓に笑いかけた。

「これが、聖女でなくなった時の、私のやりたいことです」

「なんだ？　そのやりたいこととは」

「今説明したじゃない。ってアーゔあああああぁ!?」

独り言に質問され、反射的に答えそうになる。

寸前でルイーゼは出かかっていた言葉を無理やり悲鳴に化けさせた。

飛び退きながら後ろを見ると、いつからそこに居たのか――アーヴィングが立っていた。

「ど、どどどうしたのアーヴ？」

「なかなか戻って来ないから、様子を見に来ただけだが」

「そう？　そ、そんなに待たせちゃった？」

クラリスの墓前に立つと、ついいろいろ喋ってしまう。

ルイーゼは冷や汗をかきながら前に立つアーヴィングを見つめた。

アーヴィングに変わった様子はない……聞かれてはいないようだ。いつものように無表情の彼に、ルイーゼは内心で安堵した。

「そろそろ時間だ。教会まで送ろう」

「う、うん」

なだらかな丘を下りた先で、教会が所有する馬車に乗り込む。

かつてはゴテゴテとした装飾が取り付けられていて乗るのが恥ずかしかったが、今はすべて取り外している。

馬車に揺られながら、なんとなくルイーゼがアーヴィングと目を合わせられないでいると、彼がぽつりと言った。

「聖女でなくなったらやりたいことがある、と言っていたな」

「う、うん……まあね」

詳細を聞かれたらどうしよう。

ルイーゼが必死にカモフラージュの案を考えていると、アーヴィングは自分の胸を、とん、と叩いた。

「任せろ。俺が必ず、お前の聖女の楔《くさび》を打ち壊してみせる」

「……」

(できればその後も、末永くお任せしたいんだけどなぁ……)

——深い関係になるつもりは毛頭ない。

あの日、聖女研究所で言われた言葉はルイーゼの脳裏にこびりついている。

つまり脈なしということだ。もちろんそんなことでルイーゼの恋の炎は消えたりしないが。

教会に着き、アーヴィングの手を借りて地面に降り立つ。その時、少し離れた場所に仲睦まじい男女の姿が見えた。

男の腕に、甘えるように腕を絡《から》める女。

（いいなぁ……いつか、私も）

馬車を降りるとすぐさま手を離すアーヴィングの横顔を、ちらりと盗み見る。

ルイーゼにこれっぽっちも興味はありません、と言わんばかりの無表情に見える。

（私は手を握っただけでこんなにドキドキしてるのに……）

感情の落差にため息をつきたくなるが、ぐっ、と堪える。

「……」

その一方で、アーヴィングは表情のないまま自分の手で頬をつねり始めた。

消え入りそうな声で、ぶつぶつと呟いている。

「心頭滅却、心頭滅却……心を乱すな。無だ。無になれ」

「なにしてるの、アーヴ？」

しかしルイーゼが訝《いぶか》しむと、アーヴィングは「なんでもない」とそっぽを向いた。

首を傾げるルイーゼに、アーヴィングはやや声の抑揚を落として告げた。

「実は、一部の貴族たちに聖女研究所のことを猛反対されていてな。明日、会談を開くことになった」

「聖女研究所の設立は国王陛下がお認めになったことなのに、今さら貴族が口を出すの？」

「……複雑な事情があるんだ」

アーヴィングは言葉を濁した。あまり言いたくない理由があるようだ。

「しばらくここに来られないかもしれん。俺の不在時はミランダに護衛を頼んである。教会内の防衛装置もあるから大丈夫だと思うが……」

「……分かったわ」

会えなくなる。

それだけで、ルイーゼの胸に寂しさが去来したが、頭を横に振ってそれをはね除ける。

(私のために頑張ってくれているんだから、ワガママは駄目よ)

彼が立ててくれた誓いに恥じないよう、仕事に集中しよう。

決意を新たに、ルイーゼはアーヴィングと別れた。

聖女の苦悩

ルイーゼは夢を見ていた。

天井は白。床も白。左右の壁も白。

白、白、白。一面の白い空間。広いのか狭いのか、それすらも分からないほどの真っ白な世界。

「――」

ルイーゼの前には、扉があった。
どことなく古ぼけた印象だがしっかりした石造りの扉だ。
ドアノブの部分には鎖が巻き付き、施錠されている。
「――」
なんとなく興味を惹かれ、ルイーゼはその扉に近付いた。
夢特有のふわふわした感覚はなく、足取りはしっかりしている。
よく見ると扉は完全には閉まっておらず、施錠された鎖は少しだけ緩みがあった。
掌《てのひら》ほどの隙間の向こう側に、今度は真っ黒な空間が広がっている。
(なんだろう。奥に何かあるのかな?)
ルイーゼはその空間に向かって手を伸ばした。
(え⁉)
すると待ち構えていたように、扉の隙間から腕が伸びる。
薄汚れた細い手首。枯れ木のように痩せた指。
簡単に振りほどけそうな華奢《きゃしゃ》な手なのに、ルイーゼは抵抗できなかった。
(い……痛い、痛い!)
手がルイーゼの腕を掴み、万力のような力で締め付けてくる。
――扉の隙間から、何かが見えた。
「――は」

気付けばルイーゼは布団を跳ね上げていた。

眠っていたはずなのに、まるで運動をした直後のように肩が上下する。

暑くもない季節なのに、汗が滴《したた》り落ちる。

無意識に夢の中で掴まれた箇所を確認するが、強く握られた跡などない。夢なのだから当然のはずだが、ルイーゼは安堵の吐息を漏らした。

「変な夢、見ちゃったなぁ」

ルイーゼはベッドから立ち上がり、寝間着を脱いだ。

珈琲《コーヒー》を嗜《たしな》み、新聞に目を通すことを日課としている貴族は多い——実際、彼女の父はそうしていた——が、聖女にとっての日課は言うまでもなく祈りだ。

清潔な布で身体を清める。

終われば法衣を身に纏《まと》う。

集中、集中、集中——

役目を授けてくださった神への感謝。

連綿とこの国を守ってきた歴代の聖女への礼賛《らいさん》。

魔なる者への憐憫《れんびん》。

雑念が完全になくなったところで魔窟《まくつ》の方角に向かって頭《こうべ》を垂れ、両手を合わせて祈る。

「——っ」

ずしり、と両肩に何かが圧《の》し掛かるような、あるいは身体の中から何かが抜けるような感覚。

祈りによる負荷だ。かつてはこれに耐えられず、祈り終わるといつも胃の中の物を吐いていた。

たった数ヶ月、ミランダから栄養改善と運動指導を受けただけでこの負荷が和《やわ》らいだ時は「今までの苦労は何だったのだろう」と肩を落としたものだ。

それだけ教主クロードは、ルイーゼを徹底的に追い詰めた状態にしていた。

幻惑魔法による洗脳をより完璧にし、支配するために。

（……早く忘れましょう。それよりも魔窟《まくつ》よ）

思考を切り替える。

魔窟《まくつ》の封印はいくつかの段階を経て解放される。

第一段階——魔物の増加。

第二段階——魔物の変化。

第三段階——魔物の強化。

第四段階——魔物の多様化。

第五段階——魔物の進化。

第六段階——災厄の時。

祈りを捧げれば、この段階を下げることができる。

そのはずなのだが——あの日を境に、最後までの封印ができなくなっている。

第二段階。今の封印の下限はそこだ。

ルイーゼがどれだけ祈っても、第二段階よりも下に封印が下がらない。

まるで扉を閉めようとしているところに、誰かの『手』が挟まり邪魔をしているようだ。

(何なのよ、一体)

それが先程の夢と重なり、ルイーゼは何とも言えぬ不気味さを感じていた。

▼

聖女の休日。それは文字通り、聖女が週に一度祈らない日のことを指す。

魔窟《まくつ》を封印する代償として命を削るルイーゼの寿命を僅かでも延ばそうという苦肉の策だ。

しかし、実はその恩恵に与《あずか》るのは聖女だけではない。

まず、冒険者。

危険な魔物がいない現在のスタングランド王国において、冒険者の地位は相対的に低かった。必要な時だけ呼び出す体《てい》のいい使い走り——そういう認識を持っている者は多かった。聖女の封印が完璧すぎたが故の弊害だ。

しかし封印が不完全になった今は危険な魔物も出るようになり、結果、冒険者の需要は増した。

聖女の休日にはさらに一段階強い魔物が現れる。

厄介《やっかい》だが倒せばそれなりの見返り——高値で売れる素材の入手——があるため、報酬《ほうしゅう》目当ての冒険者たちはこぞって魔物退治へと繰り出している。

冒険者の懐《ふところ》が潤えば武器を作る鍛冶屋への注文が増え、薬草を用意する薬屋の売り上げも増える。

そして商人たちが潤えば材料確保のためにまた冒険者への依頼が増える……といった具合に、冒険者を中心に、庶民の景気は良くなっている。

しかし、強化された魔物との戦いは危険と隣り合わせだ。

聖女の休日には確かにルイーゼは休めるが、その翌日には魔物の返り討ちに遭った人々で教会の治療院はいっぱいになる。

そんな聖女の休日の翌日。

今日もルイーゼは治療院で人々を癒していた。

「――はい、もう大丈夫ですよ」

腕に深い傷を負っていた冒険者に、『癒しの唄《うた》』で治療を行う。

聖女の力は封印の祈りだけではない。

あまり知られていないが、聖女の唄《うた》は複数存在している。

傷を癒やせる『癒しの唄《うた》』、味方の力を増幅させる『激励の唄《うた》』、心を落ち着かせる『安寧の唄《うた》』。

中にはルイーゼも使いどころの分からない唄《うた》もある。

そして、そのどれもが既存の魔法よりも数段高い効果を持っている。

例えば癒しの唄《うた》。四肢が切断されていても、元の状態に治療可能だ。

唄《うた》による聖女への負荷は、魔窟《まくつ》の封印に比べれば軽微だ。

アーヴィングは僅かでもルイーゼの寿命が削られることを嫌がり、治療院を開くことを反対していたが、ルイーゼはそれを押し切った。

ルイーゼとしては、封印の不始末を冒険者に押し付けているようで気が引けるのだ。封印が完全でないから、自分が休んでいるから彼らは怪我を負っている——と。

もちろん彼らも彼らなりの理由があって魔物に挑んでいるのだろうが……やはり心苦しい。自分がのうのうと休んでいる間にこうして傷付いている人を見ると胸が痛む。聖女の休日は冒険者側にも利益をもたらしていると知っていても、だ。

ゆえに、ルイーゼは人々のために惜しまずその力を使っていた。

結局は自己満足の偽善だが、やらない偽善よりはやる偽善のほうがいい、とルイーゼは自分に言い聞かせている。

「——次の方」

ルイーゼは顔を上げて次の傷病者を呼んだ。

聖女の休日後はもう何度か経験しているので、おおよその人数は把握している。

いつも通りなら、そろそろ終わりが近付いているはずだ。

そんな折に、見覚えのある人物が部屋に入ってきた。

「あら、あなたは……」

黒いドレスを纏《まと》った、黒髪が印象的な少女。

昨日、王宮ですれ違ったあの少女だ。

彼女に肩を支えられているのは、薄汚れた服の少年。

少女の方に怪我はないが、少年は蒼白い顔をしながら腹部を押さえている。

「お願いします。この者の治療を……！　ただの腹痛ではないんです！」

昨日の落ち着いた様子とは打って変わり、少女の表情や声には言いようのない焦燥が浮かんで見えていた。

ルイーゼは短く息を吸うと、落ち着いた声で少女に伝えた。

「彼をここに寝かせて」

二人で少年をベッドに寝かせると、少年は脂汗を浮かべ、苦しそうにうめいている。

「ちょっと見せてくれる？」

「うぅ……」

癒しの唄《うた》は万能の治療術に見えるが、実は様々な制約がある。

古傷は治せない、痛みの出所が分からなければ効果がない、自分には効果がない——などだ。

怪我であれば見ただけで痛みの出所がすぐに分かるが、少年に外傷はない。こういう状態だと、触って痛む場所を確認する必要があった。

服をめくると、紫色に変化した皮膚が見えた。

「これは……」

「分かりません。胃薬を飲ませたんですが、効果がなくて……！」

効果がないのは当然だ。

これは病気ではなく、怪我だ。腹部を殴られ、当たり所が悪かったのだろう。

ルイーゼはより正確に痛みの位置を把握すべく、少年が手で押さえている箇所を、指で軽く押してみる。

「あぐ!?」

「分かったわ。ここね」

ルイーゼはその場所に向かって両手を合わせ、癒しの唄《うた》を使用した。

効果はすぐに現れた。痛みを堪えるためか強く握り締められていた少年の指が解《ほど》け、眉間に寄っていた皺《しわ》が見る見る浅くなっていく。

終わる頃には、紫色に変化した箇所はどこにもなくなっていた。

「あ……ぁ、あれ。痛くない」

ルイーゼが唄《うた》い終わると同時に、少年は飛び起きて腹部のあちこちに触れた。

「もう大丈夫よ」

分かりやすい場所に痛みがあって良かった——と、ルイーゼは内心で胸を撫で下ろす。

身体の内側の痛みは分からないことも多く、唄《うた》を使っても不発に終わることがある。どんな症状でも見抜けるようにと医学書を読んではいるが、人間の身体は複雑怪奇ですべてを理解するには至っていない。

「ロイ、本当にもう大丈夫なの？」

「ええ、メイデンお嬢様」

「よかった……」

気づかわしげに少年を見つめる黒髪の少女はメイデンという名らしい。

彼女は心底安堵したように肩の力を抜き、目尻に涙を浮かべている。

なんとなくルイーゼは二人の間柄を推測する。

メイデンは貴族だ。昨日あの場所に居たので間違いない。そして少年、ロイは服装を見るにメイデンの家に仕える小間使いだろう。

ロイは痛みが消えた身体で治療院の出口へと彼女を促した。

「よくありません。僕なんかのためになんて無茶を！　早く戻りましょう。旦那様に叱られてしまいます」

「だ……大丈夫よ。ちゃんと誰にもバレないよう気を付けたし」

「そういう問題ではありません。すぐに行きますよ」

怒ったように、ロイはメイデンの手を取った。

メイデンは渋々、といった様子で頷く。

「……感謝致します。今回は助かりました」

「どういたしまして」

メイデンはやや眉を寄せながら、慇懃《いんぎん》にルイーゼに頭を下げる。ロイに見せた温かな表情に比べると明らかに表情が硬い。

――彼女は反聖女派なのかもしれない。

表舞台に出る以上、全員に支持されることなどあり得ない。

貴族の中にも聖女を嫌う層は一定以上居るだろう。

知らない相手に嫌われることは慣れっこではあるが、年が近い彼女に嫌われるのは少し悲しい。

メイデンは軽く答えたルイーゼに眉を寄せ、さらに付け加えた。

「回復魔法や薬学といった医療術はこれからも発展していきます。いつかあなたの癒しの唄も唯一無二ではなくなりますよ」

「そうね。そういう日が来ることを望むわ」

癒しの唄《うた》と同等の効果を持つ回復魔法や傷薬は未だ存在しない。

それが聖女の唯一性を高める要因になっているが――ルイーゼとしては、同じような魔法が出てくることを望んでいる。そのほうがより多くの人々が救われるからだ。

「……！　余裕ぶっていられるのも今のうちですからね！」

不快感を露《あら》わにして、メイデンはそのまま部屋を去った。

ロイは慌てたように、深々と頭を下げる。

「主の不遜《ふそん》な態度、平にご容赦ください。罰があれば、私が代わりに受けます」

「そんなことしないわ」

嫌われることも聖女の仕事のひとつ。これもクラリスの教えだ。

「寛大なお心に感謝致します」

「大袈裟ね。また怪我をしたらいらっしゃい」

ロイを見送ったのち、ルイーゼは肩を落とした。

「……あの子となら友達になれると思ったんだけどなぁ」

▼

教会は広い敷地の中でいくつかの区画に分かれている。

祈祷区。聖女に祈ったり懺悔《ざんげ》をしたりする施設のある区域で、一般に開放されている。

治療区。癒しの唄《うた》を使った治療はここで行われる。

そして、居住区。いくつかの家が建ち並ぶそこは小さな村に譬《たと》えられていた。

居住区の奥にひっそりと建つのが、歴代聖女が住まう由緒正しき屋敷だ。

ほんの数ヶ月前まで高位の神官や教主もこの区画に住んでいたが、今はルイーゼとミランダだけになっている。

それだけ教主クロードの不正に関わっていた人物が多かった、という証左でもある。

教主クロードが恐るべき幻惑魔法の使い手で、その魔法を悪用しルイーゼや第五王子ニックを操っていたことを知る者は少ない。似たような方法で人を支配し悪事を働く者を出さないためだ。

表向きは聖女に渡るべき報酬《ほうしゅう》をかすめとっていたこと、王への反逆を企てていたことが罪に問われた……となっている。クロードの幻惑魔法についてはルイーゼ、アーヴィング、ミランダの三人だけの秘密だ。

ルイーゼは迎えに来てくれたミランダに頭を下げる。

「すみませんミランダさん」

「構やしないよ」

ルイーゼは不特定多数の人間が立ち入れる場所での一人行動を禁じられている。

たとえ教会内の敷地であっても、治療区から居住区まで僅かな距離しかなくとも、だ。

彼女が一人で自由に動けるのは王宮の限られた場所と、教会の居住区のみだ。

クラリスの墓はアーヴィングという見張りを入り口に立てることでなんとか実現している。

信頼の置ける護衛――アーヴィングか、ミランダのどちらかが側にいなければ移動もできない。

大切にされていることが嬉しい反面、面倒をかけていることへの悔しさもある。治療区から屋敷までの短い距離を歩き終え、ミランダは早足で厨房に入った。

「すぐ食事にしよう。ちょいと待っておくれよ」

「手伝います」

「大丈夫。こっちはアタシに任せて、アンタは先に運動を済ませときな」

ミランダに続いてルイーゼも厨房に入ろうとしたが、大きな手で制され、運動を促される。

ルイーゼの身体を労《いたわ》りつつも、食前の運動はきっちりやらされた。

ミランダの指示に従い、ルイーゼは食前の運動を開始した。メニューはもう暗記しているので、彼女に見守ってもらう必要はない。

「いち、にい……」

最初は息も絶え絶えだったが、やっていくうちに少しずつ慣れてきた。

今では運動を終えても、多少息が弾む程度だ。

ミランダの持論に『筋肉は裏切らない』というものがある。最初は冗談だと笑っていたが、それは正しいのかもしれない。

夕食の仕込みは既にしてあったようで、運動が終わる頃にはもう食べられる状態になっていた。いつものことながら、手際の良さに感心してしまう。

「じゃ、食べようか」

互いのやり方で食前のお祈りを済ませ、食べ始める。

パンと、スライスしたゆで卵の載ったサラダ、そして野菜と鶏肉を煮込んだスープ。ここにパンを浸すと柔らかくなり、とても食べやすい。

ほわっと湯気の立つスープはしっかりと鶏の出汁《だし》が出ている。それをパンにつけて頬張ると、じゅわりと口の中で旨味が広がった。

「おいしいです！」

「そりゃあ良かった」

もはや定型句となった言葉を交わし合う。それから、二人は今日起きた出来事をぽつりぽつりと話し始めた。

ルイーゼが今日はこういう人が治療にやって来たと話すと、ミランダは彼女の知らないところで押しかけてきた人間を何人か追い払ったという話をする。

何気ない日常会話。幼少期にルイーゼがどれだけ努力しても手に入らなかったものだ。

味のある食事と、それを共にする相手。たったこれだけで、人は幸せになれることをルイーゼは実感していた。

「貴族どもがアンタに熱を上げてるみたいだね。全く、油断も隙もありゃあしないよ」

追い払った者の大半は貴族だったらしい。居丈高《いたけだか》に「聖女と話をさせろ」と言われたので門の外に放り投げた、とのことだ。

貴族、と言われ、ルイーゼは反射的にあの少女、メイデンのことを思い出していた。

「そういえば、今日一人、貴族の子が治療に来ましたよ」

「変なことを言われたりしなかったかい？」

「大丈夫ですよ。優しい子でした」

おそらくは小間使いであろう少年――ロイのために必死な表情で助けを求め、治療後は元気になった彼を見て心底安堵していた。

ルイーゼ、あるいは聖女を嫌っていると思うが、それを曲げてでも少年――ロイの治療を優先した。

本来は、優しい子なのだろう。

「ならいいんだけど……何か言われたら、すぐアタシに言うんだよ」

ミランダはルイーゼに対して過保護なきらいがある。正直に『敵意を向けられました』などと言った日には、相手の家に怒鳴り込みかねない。

ルイーゼは曖昧《あいまい》に頷くに留めた。

「食べ終わったら一時間小休止してから訓練するよ」

「はい！」

最近は運動と別にミランダから護身術を習っている。

万が一があってはならないが、それでも不測の事態は起きてしまう。

そんな時、自分の身を守るためにはどうすればいいかを学ぶ意義は大いにある。できる、できないは別にして、知っている、知らない、の差は大きい。

今日は投げ技についての講義と実演を受ける。

「相手の勢いを利用して投げる。これなら力はほとんどいらないからね」

「もし相手が勢いづいてなかったら……？」

「簡単だよ。アホそうなヤツは挑発するとすぐ乗ってくる」

「なるほど」

何度かやってみる。ルイーゼの細い身体ではミランダを投げることはできなかったが、繰り返すと投げ方のコツをつかめたように感じた。

しばらく投げ方を練習していると、ミランダは「よし」と頷いた。

「今日はこの辺で終わろうかね。祈りを済ませたら風呂に入りな」

ルイーゼの行動はミランダによって管理されている。

詳しい理由は分からないが、彼女の言う通りの時間に食事や入浴を済ませると眠りがより深くなり、すっきりと目覚められるのだ。

「ありがとうございました」

「さてと。アタシはちょいと一服してから、もうひと仕事するかねぇ」

「まだ働くんですか？」

「ああ。厨房の掃除がまだなんだよ」

もともと建物が古いこともあり、特に厨房はこびりついた汚れがかなり多い。

初めて厨房に入ったミランダが卒倒しそうになっていた頃を思えば、今は十分綺麗に見える。

しかし、ミランダの基準ではまだ手が行き届かない箇所があるようだ。

「何か手伝えることはありませんか？」

「ありがとう。その言葉だけで大助かりだよ」

優しくミランダはルイーゼの頭を撫でる。

その手がいつもより熱く感じて、ルイーゼはミランダを見上げた。

「無理してません？」

二人で住むにはやや広すぎる屋敷全体の掃除と、ルイーゼの身の回りの世話すべてを彼女は一手に担い、さらに今は護衛まで引き受けている。

厨房の掃除は料理人故か、特にこだわっていて、かれこれ数週間は色々なものを磨き続けている。

「ここのところ働き詰めですし、少し休んだ方が」

「大丈夫だよ。忙しいのは今だけだからね」

厨房の掃除とルイーゼの護衛はどちらも一過性の仕事に過ぎない。

今を過ぎれば、むしろ暇になるから今が頑張り時だとミランダは力こぶを作る。

ルイーゼは渋々引き下がった。

「それならいいんですけど……手伝ってほしいことがあったら、遠慮なく言ってくださいね？」

「ああ、そうさせてもらうよ。それにしても……」

ミランダは窓の外を見やった。ここからでは見えないが、視線の先には王宮がある。

「アーヴィングのやつ大丈夫なのかい？」

「う……」

それに関してはルイーゼも同意見だった。

アーヴィングは人との会話があまり得意ではない。

旧知だったルイーゼにすら「最初に話しかけるのはかなりの勇気を要した」などと言っているくらいだから、その口下手ぶりは相当なものだろう。

多人数の、しかも年上の貴族たちを上手く説得できるのだろうか。

「任せろ」と言ってもらった手前、出しゃばるような真似はしたくないが……数日経っても状況が変わらないようなら、ルイーゼも対談の場に出るつもりだ。

貴族は権力者に弱い。王位継承権を失った元王子のアーヴィングよりも、聖女であるルイーゼの方が彼らへの影響力は強いだろう。

「今日こそは連絡が来るはず」と思い続けて三日が経過したが、未だにアーヴィングからは何の音沙汰もない。

（信じてるからね、アーヴ）

ルイーゼも窓の外を見上げ、彼の成功を祈った。

▼

ルイーゼの祈りもむなしく、アーヴィングは貴族たちの説得に難航していた。

「――以上で、聖女研究所の必要性についての説明を終了させて頂きます」

もう何日、この言葉を述べただろうか。

なんとか貴族たちを説得しようと徹夜で用意した資料。何度も言い直させられる間に、紙を見なくとも話せるようになっていた。

――だからといって彼らが納得する気配はないが。

初日は徹底的に粗《あら》を突っ込まれた。

二日目は聖女研究所の意義を否定された。

三日目にはアーヴィングの人格にすら言葉の棘《とげ》は及んだ。

それでも彼は折れることなく、辛抱強く説得を続けた。

四日目になり、貴族たちの態度がようやく変化した。しかしのらりくらりとかわすだけで、決定的に賛同するような事は絶対に言わない。

五日目になると、さらに攻め方が変わった。一部の貴族たちはアーヴィングの熱意に負けたと聖女研究を認めるような発言をし始めたが——国内の情勢を安定させた後、という枕詞付きだ。だが情勢の安定の定義も曖昧《あいまい》で、何を聞いても具体的なものは出てこない。

おそらく、この場を収めるためだけの言葉だろう。ここでアーヴィングが首を縦に振ってしまえば、聖女研究は先延ばしされたまま永遠に開始することはない。

ごく一部、真にアーヴィングの考えに賛同してくれる貴族もいた。しかし反対意見を唱える勢力が多すぎて、その意見は即座に却下された。

(この程度のことで、負けるか)

一人説得できたなら、全員の説得も不可能ではない。

問題は、時間がないことだ。

ルイーゼを縛る枷《かせ》は二つある。

ひとつは教主による洗脳。これは前回の一件で解くことができた。

もうひとつは、聖女であることそのもの。

聖女の寿命は祈りの回数に反比例している。国や人々を守るために祈るほど、ルイーゼの寿命は短くなってしまう。休日を設けることで僅かに延ばすことには成功したが、気休めでしかない。

ルイーゼは自分の意志で聖女になり、自分の意志で祈っている。祈りを止めさせるには、聖女が不要になる状況を作り出すしかない。

そのための解決策はまだ見つかっていない。

祈らずとも成立する魔窟《まくつ》の封印方法を探すか、あるいは魔窟《まくつ》を破壊するか。どちらもまだ思いつき程度の段階であり、具体案は何もない。それを見つけるためにも、聖女研究は必要不可欠だ。

アーヴィングの中でそれは明白な事実だが、貴族たちは現状維持を最適解としている。

再び貴族の一人が口を開いた。

「君の言う聖女研究。それが必要であることは理解できる」

「では……！」

「しかし、緊急性がない。一旦は保留とし、しかるのちに開始する――これでは駄目なのかね？」

「なりません。魔窟《まくつ》がいかに危険な代物《しろもの》であるかは先の騒動で明らかになりました。これを放置しては国の存亡に関わります」

聖女が祈り続ければ魔窟《まくつ》は無力化できる――これまではそうだった。しかし、これからもそうである保証はない。

現に魔窟《まくつ》の封印は完全ではない。

ルイーゼすらも分からないなにかが魔窟《まくつ》で起きていることをアーヴィングは必死になって伝えた。

「何かあってからでは遅いのです。今から行動しなければ――」

「いや。その必要はない」

身体に冷たい刃が突き立てられた。

そう錯覚してしまうほど鋭利な言葉を突きつけられて、アーヴィングは思わず口を噤《つぐ》んだ。

――クレイグ・トーレス公爵。

聖女研究反対派の中でも最も苛烈《かれつ》な人物だ。目下、アーヴィング最大の敵と言える。

騎士から公爵位まで駆け上がった希有《けう》な人物で、その気迫は齢《よわい》五十を超えてもまるで衰《おとろ》えていない。鷹《たか》のように鋭い目がアーヴィングを射貫いた。

静かに話の成り行きを見守っていたクレイグは、親子ほど年の離れたアーヴィングを仇敵であるかのように睨みすえた。

「まだ諦めていないのかね？」

「当然です。何度でも申し上げます。聖女研究はこの国の未来に必要不可欠なものです」

「昨日も言った通りだ。未来永劫、聖女の研究は不要だ。まず、現在についてだが――君の兄、ニック殿下の失態により我がスタングランド王国は大変な被害を受けている。そちらの解決が先だと何度も伝えている」

「……ぐ」

痛いところを突かれ、アーヴィングは押し黙った。

第五王子ニック。彼の所業により、王族の権威は地に落ちたと言ってもいい。聖女を追放しようとしたばかりか、我が身可愛さに対応を遅れさせ、王国の滅亡を招きかけた。

だからといって、こんなことで止まる訳にはいかない。アーヴィングは再び声を張り上げた。

「王国の状況、そして我が兄が大変な御迷惑をおかけしたことは重々承知しております。だからこそ、です。不当な扱いをしてしまった聖女への償いの意味も込めて研究を進める必要があると、国王陛下もお認めになったではありませんか！」

「愛する息子が七年ぶりに戻ってきたのだ。多少の無理は叶えたくなるのが親心というもの。それを正すのも貴族の務めだ」

ほんの一瞬、クレイグの瞳に憂いが走った……ように見えた。

「戻って間もない君は我が国の実情をよく知らない。今一度、認識を共有しよう」

クレイグは壁に取り付けられた地図を見るように促す。

「魔窟《まくつ》の封印が緩んだことは大きな被害をもたらしたが、同時に聖女の重要性への気付きをもたらした。聖女の存在は神聖さを増し、国民の離れかけた支持を再び集めている。それを研究などすれば、聖女を聖女たらしめるあらゆるものが白日の下に晒《さら》され、神秘性を失うことになる。愚かとしか言いようがない」

クレイグはそこで言葉を切った。

「聖女は神の使徒。正体を探ろうとすれば天罰が下る。そう思わせておいたほうがこの国に益をもたらすとは思わないのか」

「第十代聖女ルイーゼの寿命はあと三年もないかもしれません。あれほどの人物を失うことは王国の損失に繋がります！　今ここで動かなければ彼女をみすみす見殺しに――」

「聖女になった時点で覚悟の上だろう」

なおも喰らいつくアーヴィングをクレイグは一蹴する。

「聖女研究などという曖昧《あいまい》なものに割く時間も、金も、人もない」

「聖女がスタングランド王国の要《かなめ》であることは明らかです。聖女への理解なくしてこの国のさらなる発展は望めません！　彼女が何らかの理由で急死したらどのようにするおつもりか⁉」

「心配はいらん。継承前に聖女が死ねば、適性を持つ者の中から次の聖女が自動的に選ばれる」

「……なんですって？」

「君が心配するようなことは何も起こらない、と言っている。聖女の庇護の下、騒ぎ立てず、ただ粛々《しゅくしゅく》と恩恵を享受していればいい」

あっさりとしたクレイグの発言にアーヴィングは眉をひそめた。

聖女に関する文献は――ニックが持っていた聖女の無能さを喧伝《けんでん》する書物を除けば――極端に少ない。

アーヴィングはルイーゼを救うという目的故に人より多く聖女に関する文献を読んできたが、そのような記述――次の聖女が自動的に選ばれる――はなかった。

「随分と聖女に詳しいですね」

「……昔、教会に知り合いが居てね。たまたま知っていただけだ」

クレイグは表情を変えることなくそう告げた。

「なぜです。なぜそこまで聖女研究を否定するのですか」

「その言葉、そっくり返させてもらう。なぜ聖女に――いや、第十代聖女ルイーゼにこだわる」

「……っ」

「まさかとは思うが、彼女に個人的な好意を抱いている――などという不純な理由ではないな？だとすれば権力の私的利用だ。断じて許されない」

クレイグの指摘は図星だった。

アーヴィングがルイーゼに恋をしていることはまぎれもない事実だ。

もちろん最初はそうではなかった。命を救ってくれたルイーゼが悲劇の運命にあると知り、恩に報いたいと純粋に考えただけだった。

しかし、再会したルイーゼは……あまりにも美しく、気高かった。

教主に支配され、美しさを損なっていたあの頃ですらアーヴィングの目には眩しすぎた。本来の美しさを取り戻した今など、側に居るだけで心臓が口から飛び出しそうになる。

だが、だからこそ――

(俺の気持ちがルイーゼを救う妨《さまた》げになってはならん。断じてだ)

――アーヴィングは己の恋心に蓋をした。

それを悟られぬよう、クレイグを真っ直ぐに睨み返す。

「誓ってそのような理由ではありません。このような場で憶測めいた発言は慎んでください。私はもちろん、時間を割いて参加して下さる皆様にも失礼です」

「……それは失礼した」

すると存外あっさりとクレイグは引き下がった。

動揺を誘うための方便だったのだろう。

――まさかそれが的中しているとは思うまい。

「何度でも申し上げます。聖女研究はすぐに始めなければなりません。でなければ――」

アーヴィングがさらに力強く発言している最中、王宮の時計塔の鐘が鳴り響いた。

それは太陽が真上に昇ったことを報せると共に、この対談が時間切れであることも示していた。

「――時間だ。返答を聞かせて頂こう」

アーヴィングの言葉を無視する形で、クレイグが結論を促す。

もちろんアーヴィングは納得していない。首を横に振ると、彼は短くため息をついた。

「今日も平行線、か。ではまた、対談の場を設ける」

きびすを返すクレイグの背中に、アーヴィングは問いかけた。

「クレイグ殿。あなたのご指摘の通り、私は国内の情勢には疎《うと》い。しかし国外は私の方が詳しい」

伊達に七年間、冒険者をやっていない。

国外の事情は把握しているつもりだ。

余所《よそ》の国では、たった一人の少女に重い責任を背負わせるような制度は存在しない。

「私は聖女一人に魔物からの防衛のすべてを預けているこの国の在り方に危機感を抱いているのです」

スタングランド王国は周辺を山に囲まれているため、他国からの侵略は受け辛い。

とはいえ、たった一人に国防のほぼすべてを依存しているこの状況は非常に危うい。

クレイグの言う通り、ルイーゼが死んでも次の聖女が自動的に出てくるならば犠牲は一人ですむのかもしれないが、それを証明する術《すべ》はない。

「だからこそ、聖女研究は絶対に必要です」

「……ならば、互いに理解し合えるまで話し合いを続けるしかあるまい」

クレイグは他の貴族のように、アーヴィングを下に見て屈服させようとはしない。

あくまで対等な相手として、愚直にこちらの心を折ろうとする。

それが逆に厄介《やっかい》なのだが。

「では、今日はこれで失礼します」

アーヴィングはクレイグを見つめたのち、貴族たちに一礼し、きびすを返す。

ようやく終わったと貴族の一人が肩を回しながらぽつりと呟いた。

「ふん。出戻り王子は手柄を立てるのに必死と見える」

「スタングランド王家の血は争えんな。喜々として兄弟を蹴落とす」

「聖女の必要性が周知されただけでよしとすればいいものを」

スタングランド王国の王位継承は、兄弟間で競い、騙《だま》し――時には殺し合うことで決定される。

第四王子という傑物が現れたおかげで次代の王位は平和に継承されると誰もが考えていたが――彼を喪ったことで、今回の王位継承もこれまで通りの泥沼と化した。

アーヴィングは出奔《しゅっぽん》前に継承権を放棄したが……教会の不正を暴くという手柄を立ててしまったために、他の王子と通じている貴族から目の敵にされていた。

これも説得が長引いていることの要因だ。

「ふん。聖女など単なる使い捨ての歯車に過ぎぬのに、必死なことだ」

誰かが発した言葉に、アーヴィングは開けかけた扉を止め、振り向いた。

「今、なんと？」

アーヴィングが扉を掴んでいた手を離し、瞬《まばた》きもせぬうちに貴族との距離を詰める。

手を伸ばそうとしたところで――アーヴィングの腕をクレイグが掴んだ。

「……ここは審議の場だ。暴力行為は断じて許されん」

「暴力などとんでもない。ケーニッヒ伯爵の襟《えり》元に埃が付いていたので、取って差し上げようかと」

「……ふん。この数日で言い訳が上手くなったではないか」

あれだけ糾弾されれば、返し言葉の一つや二つ思いつくようになる。

その要因となった人物に褒《ほ》められるなど、皮肉以外の何物でもない。

アーヴィングは手を引き剥《は》がそうとしたが、クレイグの指はがっちりと彼の手を拘束している。

五十代とは思えない腕力に思わず胸中で舌を巻いた。

(この男……強い)

「ついでに世渡りも上手くなることを老婆心ながらお奨めするが」

「有難いご忠告ですが、お断り致します」

「……ふん」

クレイグが手を離す。

その際、華奢《きゃしゃ》なペンダントがクレイグの首に下がっているのがアーヴィングの目に入った。

常に無骨なクレイグが装飾品とは、と思うと同時に、ルイーゼを軽んじた貴族が、足を震わせながら遅まきにアーヴィングを威嚇《いかく》する。

「な……なななんだねその態度は!?　わた、私に危害を加えるつもりだったのか!?」

「やめたまえケーニッヒ伯爵。それ以上はあなたの品格を落とすことになる」

「ぐ……！　し、失礼しました」

味方に諭され、取り巻きの貴族——ケーニッヒは今にも破裂しそうなほど顔を真っ赤にしながらも口を噤《つぐ》んだ。

今、アーヴィングも胸中は怒りで煮えくり返っていた。

クレイグが止めていなければ、自制できなかったかもしれない。

（まだまだ修行が足りんな）

己の未熟さを恥じる。

アーヴィングは怒りを抑え、歯の隙間からうめくように宣言した。

「しばらくお付き合いして頂きますよ——全員が、納得するまで」

「ひ、ひぃ!?」

腰を抜かした貴族に代わり、クレイグが返答した。

「——望むところだ」

▼

「よ。お疲れさん」

帰り道でアーヴィングはとある男に声をかけられた。

ややふくよかな体型に、柔和な笑み。

彼の笑顔を見た瞬間、アーヴィングは今までの憤《いきどお》りを霧散させて微笑みを返した。

「――ノーマイア殿」

ノーマイア・キンバリー伯爵。

アーヴィングがスタングランド王国から出奔《しゅっぽん》する前からの顔見知りであり、幼い頃はよく遊んでもらっていた。

王国に戻ってきた際も、他の者からは歓迎されなかった中、彼だけはアーヴィングの無事を心から喜んでくれた。

「随分と眉間にシワが寄っているな。今日は何を言われたんだ？」

うまく表情を取り繕っているつもりだったが、ノーマイアは見透かしたようにアーヴィングの胸中を読み取る。

敵《かな》わないな……と、アーヴィングは苦笑いした。

「……聖女など使い捨ての歯車と言われて、少々腹が立ちまして」

「おいおい、暴力沙汰は止めてくれよ」

「分かっています。しかし、俺が思っていた以上に彼らの頭は固いですね」

反発があることは予想していたが、まさか研究そのものを保留させられるとは露ほども思っていなかった。ニックの引き起こした事件が国王の発言力をそこまで弱らせたという事実には頭を抱えるしかない。

「すまないな。本当なら私もその場に参加し、君のサポートをしたいところだが」

頭を掻《か》くノーマイアにアーヴィングはとんでもない、と首を振る。

貴族は一枚岩ではなく、様々な派閥が入り乱れている。

聖女過激派、穏健派、第二王子派、第三王子派……など、実に様々だ。

ゆえに少数ではあるが、ノーマイアのようにアーヴィングを支持する貴族もいる。

しかし聖女研究に関しては反対派が主流だ。特に、貴族としても大きな力を持つクレイグが居るため、賛成派は声を上げることすら難しい。

実は魔窟《まくつ》の危険性や聖女に頼り続けることの危うさを唱えた人物は、過去にもいたらしい。しかし、すべてクレイグによって阻《はば》まれている。彼が潰してきた聖女研究者は数え上げればキリがない。

「それほどクレイグ殿が聖女研究を反対する理由は何ですか？」

「あくまで噂だが……そもそも彼は聖女についての秘密を握り潰している、なんていう話がある」

「聖女の……秘密？」

ノーマイアは周囲を今一度見渡して人が居ないことを確認して、こっそりとアーヴィングに耳打ちした。

「聖女を調べられると、彼にとってマズいことがあるらしい。それが何なのかは分からんがな」

「なるほど……」

クレイグが頑《かたく》なに聖女研究を否定する立場を取っているのは、何か大きな理由があるようだ。

それが分かれば、説得もいくらかやりやすくなるかもしれない。

「ありがとうございます、ノーマイア殿」

「ふふふ。昔のようにおじさんと呼んでくれていいんだぞ？」

「いえ、それはさすがに……」

「それは寂しいな」

頬を緩めてノーマイアが笑う。

七年前と変わらない、アーヴィングが好きな優しい笑顔だ。

「いいか？　決して無理をするんじゃないぞ」

「ええ、大丈夫です」

アーヴィングは一人ではない。

こうして話を聞いてくれる味方がいる。

貴族の説得に時間を割けるのも、ミランダという心強い味方がルイーゼを守ってくれるおかげだ。

仲間の存在に感謝しながらも、少しだけ寂しさを感じる。

貴族の説得に思っていた以上の時間がかかって、しばらくルイーゼに会えていない。たった数日なのに随分長く感じる。

（何を馬鹿なことを考えている。俺はあくまで彼女の騎士であり護衛。それ以外の何物でもない）

アーヴィングは開きかけた自分の本心に、再度強く蓋をした。

心に鍵をかける意味を込めて、自分の頭に拳をぶつける。

「どうした？」

「いえ、何でもありません。愚痴《ぐち》を聞いて頂き、ありがとうございます」

「これくらいはお安いご用だ。ではまたな」

ひらひらと手を振るノーマイアと別れ、アーヴィングは自室へ戻った。

（明日こそ必ず、説得してみせる）

幕間

とある貴族の屋敷に、数人の人間が集まっていた。

窓は閉ざされ、室内の光量も抑えられているため正確な人数は分からない。

「あの出戻り王子め……さっさと諦めればいいものを」

誰かが唸《うな》るように声を発した。声量こそ抑えているものの、聞く者を威圧する力を秘めている。

「スタングランド王国はこのままでいい。藪《やぶ》を突《つつ》いて蛇を出す必要はない」

別の人間が嘆息と共にそう漏らす。

「魔窟《まくつ》の破壊？　聖女の解放？　全く、愚かな考えだ」

「第五王子ニック、第七王子アーヴィング。聖女に深入りしようとする愚か者は定期的に現れるが、今回は立て続けだな」

「教主は聖女の安全弁として上手く機能していた。だからこそ端金《はしたがね》をくすねる程度は見逃していたが……身の丈に合わぬ野望を抱きおって」

聖女に対する尊敬の欠片《かけら》もない声で、彼らは続ける。

「もはやこれまでだろう。教主という手綱を失った第十代聖女は危険すぎる」

「……と、仰《おっしゃ》いますと」

「聖女を交代させる」

「その策には賛成ですが……では、誰を」

「問題ない。換えは既に用意してある」

暗闇の中で、男が静かに笑い声を上げた。

聖女の再起

謎の『手』が夢に現れてから、よく夢を見るようになった。

夢といえば無作為に記憶を切り貼りしたものや、自分の願望を強く反映したものと決まっているが——ルイーゼの場合は違っていた。


「まただ」

ルイーゼは夢の中で小さな部屋に居る。

窓はなく、どことなく薄暗い。外に通じる扉は閉じられているが、不思議と窮屈さは感じなかった。

夢の中でも定位置——部屋の角——で三角座りをしている自分に苦笑しつつ立ち上がる。

部屋の中には、彼女以外にもう一人いた。

中央部分で膝をつく女性。法衣を纏《まと》っていて、年の頃はルイーゼと同じくらいだろうか。会ったことはない。だが——どこかで見たことがある。

彼女は膝をついて祈りを捧げる姿勢を解き、ルイーゼと目を合わせた。

「あの、あなたは誰なんですか？」

問いかけるが、答えはいつも同じだ。

消え入りそうな声で懇願される。

「お願い——魔窟《まくつ》を、壊して」

——急速に浮き上がる感覚を覚え、ルイーゼは閉じていた目を開けた。

目を開けて見えるのは小さな部屋ではなく——見慣れたいつもの寝室だ。


「……また、あの夢だった」

ここ最近、ルイーゼは同じ夢を見ていた。

狭い部屋の中で、法衣を纏《まと》った女性に魔窟《まくつ》の破壊を依頼される。

見る間隔はまちまちだ。三日連続で見ることもあれば、一日おきに見ることもある。

「なんなんだろ」

首を傾げながら、ルイーゼは朝の祈りをしようとして――今日が聖女の休日だったことを思い出す。

軽く汗を拭いつつ、ミランダが待っている食堂へ行く。

食事の用意が早く済む日は呼びに来てくれるが、今日は来なかった。もしや手の込んだ朝食を作ってくれているのだろうか――少しだけ心を弾ませながら、ルイーゼはいい匂いのする食堂に入った。

「ミランダさん。おはようございま――!?」

そして扉を開けたルイーゼは、硬直した。

ミランダが厨房の近くで、大きな身体を丸め、苦しそうにしていたからだ。

「み――ミランダさん!?　どうしたんですか!?」

「ルイーゼかい。みっともないところを見られちまったね」

ルイーゼが駆け寄ると、ミランダは汗を滲《にじ》ませながら微笑んだ。いつもの豪快さはない。

「どこか痛いところがあるんですか？　見せてください！」

「大丈夫さ。少し休めば治るから」

「だめです！」

ルイーゼはミランダの側に膝をつき、癒しの唄《うた》を使おうとする。いつものルイーゼなら、まず痛みの出所を確認する。そうしなければ唄《うた》の効果がないからだ。

しかし焦るあまり、それを怠《おこた》ってしまった。

「うぅ……」

「なんで……なんで良くならないの⁉」

効果がないのは当たり前だが、ルイーゼはそれに気付かない。余計に焦りを生み、焦りはさらに集中力を千々に乱していく。

「あ……ああああ」

――ミランダに何かあったら。

そう考えただけで、手が、足が震えて止まらない。

僅かに残った理性を総動員して、解決の方法を模索する。

「そうだ……お医者様！」

ルイーゼはすぐさま立ち上がり、外へ急いだ。

「待ちなルイーゼ！　護衛も付けずに……！」

「大丈夫です、すぐに戻ります！」

ミランダの制止を振り切って外に飛び出す。

「わ⁉」

そして、外に通じる扉を出た一歩目に、硬い何かで顔を強打した。

背の高い男性――ルイーゼの身長からすれば、だいたいの人はそれに該当するが――の胸当てに当たってしまったと気付いたのは、よろけたところを支えられてからだった。

ぶつかった相手は、突然飛び出してきたルイーゼに目を丸くしている。

「ルイーゼ？　そんなに慌ててどうしたんだ」

「あ……アーヴ……」

しばらく見ていなかったアーヴィングの姿に安心して、身体の力が抜けそうになるのを必死に堪える。

ルイーゼはアーヴィングの両腕を掴み返し、切羽詰まった声で助けを求めた。

「お願い……ミランダさんを助けて！」

▼

結局ミランダの診断結果は過労だった。

環境が変われば、その善し悪しにかかわらず人はストレスを受ける。その状態のまま夜遅くまで掃除、さらに早朝から朝食の用意に聖女の護衛と働き続ければこうなるのは当然のことだった。

ベッドに移動したミランダは、幾分か良くなった表情でルイーゼの頭を撫でた。

「迷惑をかけちまったね」

「私こそごめんなさい……ミランダさんがこんなに無理していたなんて」

ルイーゼは自分を責めた。

気付けたはずだ、と。

いや、ミランダが疲れていることには気付いていた。なのに彼女の言葉に甘え、寄りかかっていたのだ。

ミランダの過労の原因は、自分に他ならない。

ルイーゼが唇を噛み締めていると、アーヴィングが首を振った。

「いいや、俺のせいだ」

アーヴィングは自分を責めた。

貴族の説得に集中するあまり、ミランダに甘えてすべてを任せきりにしていた。

申し訳ない、と両者が項垂《うなだ》れる。そんな二人に対し、ミランダは強く言い切った。

「アンタらのせいじゃないよ。アタシが好きでやってることだから」

「でも……！」

「しかし……」

「一人でやらせてくれと頼んだのはアタシだ。自分を責めるのはやめな」

ルイーゼの世話係を複数人で分担するかという話は出ていた。それを断ったのは他ならぬミランダだ。

だからアーヴィングはもちろん、ルイーゼにも責任はない。

――たとえそうであってもルイーゼは己を責める。それが彼女の長所であり、短所でもある。

ミランダは再びルイーゼの頭を撫でた。

「年は取りたくないねぇ。たったこれだけで参っちまうなんて」

「こうなった以上は仕方ない。ルイーゼの世話係を増やすぞ」

「……ああ、頼むよ。ルイーゼに迷惑はかけられない」

アーヴィングの言葉に、ミランダは頷いた。

彼女としては一人でやりきりたいという思いがあるが、優先すべきはルイーゼだ。

「しかし、アテなんてあるのかい？」

聖女の世話係。

募集すればいくらでも人は集まるだろうが——信用の置ける人物となると限られてしまう。聖女を利用しようとする貴族の息がかかった者が来る可能性がないとも言い切れない。

「心配するな」

それでもミランダを安心させるように力強く頷き、アーヴィングは席を立った。

落ち込み、顔を伏せるルイーゼの肩に手を置く。

「アーヴ……」

「待っていろ。もう二度とこんなことは起こさせない」


力強く請け合ったものの、アーヴィングは考え込んでいた。

実のところ、スタングランド王国に戻ってすぐの彼に伝手《つて》などない。

(泣き言を言っている暇はないぞ)

貴族の息がかかっておらず、ミランダが安心して休めるような高い家事スキルを持つ者をできる限り早急に見つけなければならない。

「……そうだ、あの時のメイド！」

思い悩むアーヴィングに、天啓が降りてきた。

ルイーゼが王城に滞在していた間、彼女の世話を担当していたメイドのことを思い出す。彼女の対応にはルイーゼやミランダも絶賛していた。又聞きだが、出身は他国らしいのでこの国の貴族の息はかかっていないはずだ。

まさにうってつけの人物と言えた。

そのぶん給金はかかるだろうが、金を惜しんでいる場合ではない。

アーヴィングは早速、交渉のためメイド長に彼女を呼ぶように頼んだ。

しかし……

「長期休暇？」

当のメイドは、ほんの数日前に暇《いとま》を貰い、故郷に帰ってしまっていた。

あまりのタイミングの悪さに、思わずアーヴィングは舌打ちをする。彼の狭い人間関係の中で、家事ができる相手はもう思いつかない。

（ノーマイア殿を頼るか……？　いや、迷惑はかけられない）

ノーマイアの貴族としての地位はそれほど高くない。公然とアーヴィングの味方をすれば肩身の狭い思いをさせてしまうだろう。

（クソ……どうすれば）

頭を抱えながら、アーヴィングはとぼとぼと街を彷徨《さまよ》い歩いた。

日は既に暮れ、茜色が美しく空を彩っている。

（家事のできる冒険者を雇うか……？　しかし、信用できる相手となるとそうそういるはずがない）

聖女の世話係となるとAランクが望ましい。戦闘力は必要ないが、主に信頼の問題だ。

人々の間にはランクで相手の資質を判断する風潮がある。アーヴィング自身、武者修行の傍《かたわ》らで冒険者として日銭を稼いでいたが、ランクが低い間は不当に差別された。

しかし、いざ雇う側になるとそれも仕方のないことかと思える。相手の人となりを知らない状態だと最初に目が行くのはランクだからだ。

ランクに反映されるのは戦闘力だけではない。積み重ねた信頼も含まれている。どれだけ戦闘力が高くても、今日Eランクだった者が明日Aランクになることはない。まだ信頼が蓄積されていないからだ。

そういう意味でも、高ランクは必須条件だ。

そんな相手が都合良く何日も予定を空けているとは思えないが。

思い悩みながらも、アーヴィングの足は冒険者ギルドに向いていた。

もうそこしか頼れるところがないからだ。

「すまない。依頼をしたいんだが」

「はい、ではこちらの用紙に必要事項をご記入ください」

騒がしいギルド内で、受付嬢に手渡された紙にペンを走らせる。

混んでいるな、と思うと同時に今日が聖女の休日だったことを思い出す。

聖女の休日が制度として定着し、冒険者ギルドはにわかに活気づいていた。

冒険者が強くなれば相対的に聖女の重要性は低くなる。

聖女の休日は万が一、聖女研究が長引いてしまった時のため、冒険者たちに魔物の強さに慣れてもらうという狙いもある。

一年、二年と経っても研究が進まなければ……その時は、聖女の休日を二日、三日と増やす算段だ。

姑息な延命策だが、最悪に備えて手はいくつでも打っておくべきだ。

そう思いながらアーヴィングは書き上げた用紙を受付嬢に手渡した。

「うーん……この依頼は」

受付嬢は紙を受け取り――眉を寄せて難しい顔をした。

「報酬《ほうしゅう》が少ないというなら上乗せする」

「いえ、金額は問題ないのですが……その、Aランクで家事が得意という方はいないと思います。これならもう少し必要ランクを下げて頂いた方が応募はありますよ」

「少し特殊な事情があってな。信頼の置ける相手にしか頼めないんだ」

ランクがすべてではないことは百も承知だが、欲しいのは『絶対にルイーゼを裏切らない』という一点だ。

ランクが低くてもその確信が得られればいいのだが、そんな都合のいい相手がいるはずが――

ふとアーヴィングは視線を巡らせた。

特に理由はない。ただ本当に『なんとなく』だ。

そして視線の先で、見つけた。

絶対の信頼が置ける冒険者を。

「くっそー！　あの依頼主からの依頼はもう受けねぇ！」

「Cランクでも甘くないね……やっぱり指名の依頼を受けられるようにならないと」

依頼で何かトラブルがあったのだろう。そこには肩を怒らせる少年と、肩を落とす少女がいた。

そちらに視線を固定したまま、アーヴィングは受付嬢に声をかける。

「……すまない。依頼の変更を頼む」

「あ、はい。やはり必要ランクを下げますか？」

「ああ。それから、指名依頼に切り替えてくれ」

冒険者へ依頼を出す際、やり方は二つある。

一つは公募依頼。掲示板に内容を貼り出し、広く募集をかける方法。

もう一つが指名依頼。特定の冒険者を名指しして仕事を頼む方法だ。

「かしこまりました。依頼したい冒険者の名前を承ります」

「Cランク冒険者のエリックとピアだ」

▼

ミランダが倒れた翌日。ルイーゼの姿は厨房にあった。

いつもの法衣の上にエプロンを付け、頭には三角巾という奇天烈《きてれつ》な出で立ちではあるが、それを気にする者はここにはいない。

この場の主であるミランダは、療養によりしばらく休むことを厳命されている。

「アーヴは代わりを探すって言ってくれたけど……そもそも私が料理すれば何の問題もないのよ」

ルイーゼは力強く拳を握った。

実を言うと、料理は全くの未経験ではない。

実家に居た頃、自分の存在を認めてもらおうとする一環で、料理をやろうとした時期があった。

他のことと同様、すぐ両親に止められたが。

そんな訳で実践経験は数えるほどしかないが、本で得た知識はある。それを思い出しながらやれば、簡単な料理くらいはできる……はずだ。

「自分の世話が自分でできるってことを分かってもらえたら、ミランダさんももっと安心できるはず」

自分に気合を入れるために独り言を言いながらルイーゼは両の拳を握り締め、石の竈《かまど》の前に立った。

「ええと……まずは火を先におこさないと」

火を点《つ》けるには時間がかかる。だから先にやっておかないといけない――と、実家のメイドが言っていた。

長年ここに住んでいるが、厨房に立ったことはない。ミランダの手により磨き上げられた道具を前に――ルイーゼは、腕を組んだ。

「……どうやるんだろ」

火のおこし方は大きく二種類に分かれている。魔法でおこすか、道具を使っておこすかだ。

ルイーゼの実家は魔法の力が込められた石――強めに打ち付けると簡単に火花が出るもので、貴族の家ではこちらが主流だ――を使っていた。

元男爵家の令嬢であるルイーゼは、当然ながらその方法しか知らない。

ここにある火おこし道具も実は難易度の違いはあれど使い方は同じなのだが……火おこしというものの経験値が絶対的に低いルイーゼにそれが分かるはずもない。

「……朝は火を使わないものがいいわね」

竈《かまど》から目を背け、ルイーゼは暗所に保管された食材に手を伸ばした。

最初に目に入ったのはリンゴだ。そのままでも食べられるが、練習も兼ねて皮むきをしてみることにした。

「ええと、ナイフは……」

刃物類は基本、目につく場所に置いていない。

戸棚の裏にひっそりと置かれていたそれを見つけ出し、自分の手に合ったものを選んでいると――不意に食堂の扉が開いた。

入ってきたのは、安静を命じられたはずのミランダだ。

「アタシとしたことが、すっかり寝坊しちまったよ」

「ミランダさん、何をしているんですか。寝ていてください！」

ルイーゼは厨房に入ろうとするミランダの身体を押し留めようとするが、まるで赤子のように脇の下に手を入れられ、ひょい、と退《ど》かされてしまう。

ミランダは食材を保管した暗所の奥から干し肉と乾燥させた果物を取り出し、皿の上に置いた。

「ほら、これを出しただけだから。これなら働いたうちに入らないだろう？　な？」

「……それくらい、言ってくれたら私でも出せました」

ミランダの枕元には、何か起きた時のためのベルを置いておいた。

それを使ってルイーゼを呼び出し、頼めば良かっただけの話ではないのか。

不満そうに半眼を向けると、ミランダは干し肉を囓《かじ》りながら申し訳なさそうに笑う。

「保存食はちょっとばかり分かりにくい場所に置いてあったからね」

「次からは私に言ってください」

「ああ、そうさせてもらうよ」

「……」

口ではそう言っているが……ルイーゼに頼る気がないことはなんとなく透けて見えた。

ルイーゼが頼りないからではなく、ルイーゼに余計な負荷をかけたくない、というミランダの気持ちが伝わってくる。大切にされていると分かるからこそ、もどかしかった。

治療院に出かける直前、アーヴィングと共に新たな世話係がやってきた。彼女たちはルイーゼもよく知る顔だった。

「今日から聖女様の世話係をすることになりましたピアです。よ、よろしくお願いします！」

「同じく、今日から聖女様の護衛になったエリックです。よろしくお願いします」

エリックとピア。

あの事件がきっかけで知り合った冒険者だ。ピアは信心深く、聖女を長年信仰していたらしい。

いつもの服の上から割烹着《かっぽうぎ》を着込み、やや声を上擦《うわず》らせながら頭を下げる。

エリックも、ルイーゼがピアを治療したことがきっかけで聖女を信仰するようになったと聞いた。

二人とも貴族とは無関係で、信頼できる相手だ。

さすがアーヴィングだ、と思うと同時に火さえ満足につけられなかった自分の失態を思い出し、落ち込んだ。

（私がしっかりしていたら、二人にも迷惑をかけなかったのに）

しかし二人に何も答えないわけにはいかず、ルイーゼは胸の内を表に出さないよう、微笑みながら手を差し出した。

「こちらこそよろしく」

「よろしくお願いします！」

「せせせ、聖女様……畏れ多いです」

エリックは軽く握り返し、ピアは感極まったように両手でルイーゼの手を包んだ。

「――という訳でミランダ。お前は療養だ。今度こそ一切の労働は認めんからな」

改めて厳命するアーヴィングに、いやいや、とミランダは手を横に振った。

「まだだよ。ちょっとばかし二人に引継ぎをしないと」

「……」

「そう怖い顔をしなさんな。ちゃんと休みはもらうよ」

両手を腰に当てて伸びをしながら、ミランダは肩をすくめた。


蓋を開けてみると、ピアは大変な働き者だった。

挨拶に来た日とその翌日はミランダの指導を受け、その次からもう一人で働き始めるようになった。

ミランダのような熟練さはないが、それを補って余りあるほど活発に動き回り、てきぱきと仕事をこなしていく。ルイーゼが手も足も出なかった石竈《いしかまど》も、自前の火打ち石で簡単に火をおこしていた。

ちらちらと様子を窺《うかが》い、隙あらば手伝おうとしていたルイーゼだったが……出番はないと悟り、肩を落とす。

「あの子なら大丈夫そうだね」

しばらくピアの働きぶりを見ていたミランダは、そう言ってルイーゼの頭に手を置いた。

「お言葉に甘えて休ませてもらうよ」

「……はい」

ルイーゼにとっては複雑な気分だ。

ミランダが休息を取ってくれることは喜ばしいことだ。

しかしそれは『ピアが来てくれた』からだ。

ピアなら安心して休める。つまりルイーゼだけでは安心できなかった、ということではないだろうか。

もちろんミランダに悪気はない。彼女は仕事の責任を果たそうとしただけだ。

ルイーゼが少々穿《うが》った解釈をしていることは否めない。

それでも……悔しかった。

（私って、本当に何もできないのね……）

エリックに守られながら治療院に着いたルイーゼは、嘆息しながら控え室の角で膝を抱えた。

▼

「お大事にしてくださいね」

もやもやした気持ちを抱えていようと聖女の仕事はなくならない。

ルイーゼもそこは線引きして、気持ちを仕事用に切り替える。

聖女の休日の翌日ほどではないが、それでも毎日のように生傷を作ってくる冒険者は多い。

完全に封印できていたあの頃と比べ、外の危険度は上がっている。

(どうにかして封印の段階を下げないと……)

聖女の休日を制定したことで寿命は延びたが、それよりも怪我人が増えていることが問題だ。

祈りと比べて唄《うた》で削れる寿命は知れているとはいえ、毎日これだけの人数を癒していると休日の意味も薄れてしまう。

魔窟《まくつ》の破壊より封印を完璧にしなければ、ルイーゼは志半ばで力尽きる可能性が高くなる。

(聖女を増やす、とかできないかな……)

益体《やくたい》のない思いつきを頭の隅に追いやって、ルイーゼは次の相手を呼んだ。

「次の方、どうぞ」

「……よろしくお願いします」

続いて入ってきたのは、見覚えのある顔だ。数日前、黒髪の少女が連れて来た礼儀正しい少年。

(名前は……ロイ、だったかしら)

ロイは顔を腫《は》らし、可愛らしい顔を台無しにしていた。

冒険者であればゴブリンに袋叩きにでもされたのかと考えるところだが……彼は冒険者ではない。

誰かに殴られたということは明らかだ。

「その傷、どうしたの？」

「……ちょっと、転んでしまって」

「……そう」

前回と打って変わり、歯切れの悪い回答だった。言いたくないのか、言えないのか――どちらかは分からないが、深入りしてほしくなさそうだ。

ルイーゼはそれ以上の追及はしなかった。

「今日はあの子はいないのね」

「メイデンお嬢様のことでしょうか？」

「ええ」

メイデンは随分とロイを心配していた。

今の彼の顔を見たら卒倒するのではないだろうか。

「お嬢様はお忙しいみたいで……僕もしばらくお会いできていません」

「そうなの」

含みのある言い方だった。

何かを言いたいが、言えない――そんなもどかしさが彼の表情から伝わってくる。

ルイーゼは癒しの唄《うた》で治療を施してから、ロイの手を握った。

「もし相談したいことがあったら、いつでも言ってね」

「あ……ありがとう、ございます」

ルイーゼの視線から逃げるように目を逸らし、ロイはそそくさと出ていった。


「お帰りなさいませ、聖女様」

ルイーゼが教会に戻ると、ピアが出迎えてくれた。

ミランダであれば、帰った瞬間にあの太い腕で抱きしめてくれる。

ルイーゼは無意識にそれを待つような姿勢を取っていた自分に気がつき、慌てて取り繕った。

「た、ただいま」

「食事の用意ができています」

ピアが作った食事は、どれも美味しかった。

ミランダと味付けこそ違うものの、どちらも甲乙付け難い味わいだ。

「どこで料理を習ったの？」

「故郷の村です」

ピアは孤児院出身だった。

年長者だった彼女は、孤児院を取り仕切るシスターの手伝いで料理をしていた、とのことだ。

「ピアくらいの腕になるまで、どのくらいかかる？」

「ちゃんとした人に師事すれば三ヶ月もかからないと思いますよ」

「三ヶ月……」

さすがに今日明日で、というわけにはいかないようだ。

分かってはいたが、肩を落とさざるを得ない。

「どうかされました？」

「ううん……私って、全然ダメだなぁって思って」

年下の少女に何を言っているのだ、と思いつつも、一言出た言葉は堰《せき》を切ったように溢れてきた。

料理をしようとして、火のおこし方すら分からず途方に暮れたこと。

ミランダに頼られていないこと。

自分は誰かに負担をかけることしかできないということ。

口にすればするほど気持ちが落ち込んで、ついにルイーゼは俯《うつむ》いてしまう。

「ピアはすごいね。一人で何でもできて。それに比べて私は……」

「そんなこと……そんなことありません！」

聞いたことのないような大声で、ピアが叫んだ。

面食らうルイーゼの両手を掴み、彼女は力説する。

「聖女様はこれまで劣悪な状況下にありながら、たったお一人でこの国を守護されてきたんですよ！　それに比べれば、私のやってることなんて小さな事です！　比べることすら畏れ多いです！」

「……でも」

「魔窟《まくつ》を封印するという偉業を現在進行形で続けている聖女様がご自身を卑下されたら、私たちはどうなるんですか!?」

「偉業って……私はただ、選ばれただけだし」

「誰でもいいという訳ではないでしょう？　誰がなんと言おうと聖女様はすごいんです！　これだけは——たとえ聖女様ご本人であっても譲れません！　もっと自信を持ってください！」

「……うーん、そうかなぁ」

自分でも分かるようないいところがあれば自信も付くだろう。

しかし、いい点が一つも見当たらない。

ピアの言っていること——欠かさず祈りを行う——は、ルイーゼにとって当たり前のことだ。

難なく料理ができたり、自分の身を自分で守ったり——好きな人に見初めてもらえたり。

そういったことの方がよっぽど素敵で、特別なことに思えてしまう。

納得していないルイーゼに、さらに力強くピアは語りかけた。

「そもそもですよ？　辛い儀式を乗り越えてまで聖女になりたいという心構えが私たち一般人とは既に違う地点にいるんですよ。私だったら声をかけられても辞退しちゃいます。それに——」

ピアによる聖女語りは止まらない。

それでもやはりすごいのは「聖女」であって、ルイーゼ自身ではないのだと言われているようで、ルイーゼはしょんぼりと肩を落とした。

▼

「すごいって言われても、ねぇ……」

場所は変わり、浴室の中。

ルイーゼは湯船に浸かりながら、ピアに言われたことを思い出していた。

しかし、彼女が力強く言ってくれた聖女の特別さ――魔窟《まくつ》を封印できる唯一の存在についても、それがルイーゼ自身の特別さにはつながらないことをよく知っている。

「聖女に選ばれたっていうのも、たまたまだし……」

自分以外にも候補者は居た。彼女たちの誰かがクラリスの言葉に頷いていれば、ルイーゼは候補にすら挙がらなかっただろう。

ルイーゼがやっていることは初代聖女が編み出した技を受け継ぎ、それをなぞっているだけだ。すごいのは初代聖女であって、自分ではない。

それがピアの誉め言葉をルイーゼが素直に受け取れない理由だった。

「頑張ってるつもりだけど。まだ全然、足りないのよね」

湯船から上がり、タオルを絞って身体に付いた水滴を拭き取る。それを身体に巻き、ルイーゼは脱衣所への扉を開けた。

「あ」

「え」

――そこにはなぜか、ピアがいた。

手に持ったタオルから察するに、用意するのを忘れていて、こっそりと置きに来たのだろう。

「！」

ルイーゼは無意識に身体を守るタオルを手で押さえた。

同年齢の平均と比べると、彼女の身体は凹凸が少なく、それが小さい頃からの悩みだった。

そういう理由から、同性であっても——同性だからこそ、ルイーゼは身体を見られることを忌避《きひ》していた。

「あ……そ、その！　タオルを置き忘れて！」

「ありがとう。その辺に置いておいて」

「し、失礼しました！」

ピアは慌てて身体を反転させ、逃げるようにその場を後にした。

▼

ルイーゼが寝間着に着替えてから部屋に戻ると、ピアは地面に平伏していた。

「聖女様の神聖なお肌を汚れた瞳で見てしまい、申し訳ありませんでした」

「か、顔を上げて!?　いいのよ。気にしてないから」

……一体、ピアの中で聖女とはどういう存在なのだろうか。

気にしていないというのは嘘だが、見られたからと言って何かある訳ではない。せいぜい、「うわ……小さい」と思われたかもしれない、というくらいだ。

自らのコンプレックスは、誰かさん《クラリス》に散々からかわれたおかげで動じなくなった。

……しかし、気にはなる。

「……」

「あの、どうかされましたか？」

ルイーゼはピアの胸元をこっそりと見つめる。

控えめではあるが、しっかりと割烹着《かっぽうぎ》を押し上げる存在がそこにはあった。

「ピアって何歳だっけ？」

「十七です」

「じゅうなな……」

三歳も年下という事実に、ルイーゼは目眩を覚えた。

（だ、大丈夫よルイーゼ。私にだってまだ成長の余地はあるんだから。気を確かに！）

ミランダの適切な運動指導・栄養管理さえ続ければまだ間に合うはずだ……と、ルイーゼは自分に言い聞かせることで心の平穏を保つ。

額を押さえるルイーゼの様子に、ピアが泣きそうな目でルイーゼを見上げた。

「怒っていらっしゃいます？」

「ううん、全然」

お風呂で出くわしたことについて、ルイーゼは全く怒っていない。

人々の生活水準は上昇傾向にあるとはいえ、風呂がある家はそう多くない。スタングランド王国内で言えば貴族か教会、あとは一部の商人くらいだろう。他国では家を建てられるほど高額な報《ほう》酬《しゅう》を得ている冒険者もいるらしいが、この国でそれは高望みが過ぎる。

大衆浴場が一般的であり、当然ながらピアは風呂というものに慣れてない。不備があって当然だ。

むしろ少しくらいミスしてくれた方がルイーゼとしては自分との落差を考えなくて済む。

ただ……年下なのに割とサイズあるなぁ……ということにショックを受けただけなのだ——もちろん、そんなことを懇切丁寧に説明しないが。

「ありがとうございます、あの光景は絶対に忘れません」

「うん……うん？」

妙なことを言われた気がしたが、問い質《ただ》す前にピアは立ち上がった。

「それでは、私は宿に戻りますね。今日も、ありがとうございました」

「え、ええ。明日もよろしくね」

▼

「お。おかえり」

「うん」

ピアがいつもの宿に戻ると、相棒のエリックが剣の手入れをしながら声をかけてきた。

生返事をしつつ、ピアはベッドに全体重を預けた。

安宿のベッドのため、飛び込めば全身を強打するくらいに硬いが、それでもしがない冒険者にとっては十分すぎるものだ。

「だいぶ疲れてるみたいだな」

「うん、まあね」

「俺もだ。護衛はともかく、掃除がキツイのなんの」

ルイーゼの護衛だけでは時間が余るということで、エリックには聖女研究所となる屋敷の掃除も任されていた。

貴族の屋敷としては狭いらしいが、平民のエリックからすればとんでもない広さだ。掃除慣れしていないこともあって、かなりの苦戦を強いられていた。

「けど、今度アーヴィングと手合わせしてもらえることになったんだ。報酬《ほうしゅう》よりもそっちの方が嬉しいぜ」

「……そう」

エリックは剣に光を当てて磨き残しがないかを確認すると、満足したようにそれを鞘《さや》へ仕舞う。

「ピアも朝早いんだろ？　とっとと寝て明日に備えるとするか」

「うん。おやすみ」

エリックの言葉を受けて、ピアは彼が寝る分だけベッドの横に移動する。

彼が隣に寝転がり、二人分の体重を受けたベッドが軋《きし》んだ音を立てた。

すぐに寝息を立て始める彼に背中を向けたまま——ピアは、両手で顔を覆った。

（～～っ、聖女様、なんなのあれ!?　肌白すぎ！　細すぎ！　綺麗すぎぃぃぃぃぃ！）

ピアの脳裏には、浴室のルイーゼの姿が鮮明に焼き付いていた。

白い肌、上気した頬、まとめ上げた銀の髪、ちらりと見えたうなじ、身体の端から滴《したた》る雫――

そのどれもが、ピアの目には眩しすぎた。

（羨《うらや》ましい……）

記憶の中のルイーゼと自分を見比べながら、ピアはため息を吐いた。

日々の労働で肌の白さは消え失せ、髪の艶は失われ、身体はお世辞にも細いとは言い難い。

「男の人は私みたいなのより、ああいう人が好きなのよね」

「……すぴー」

返事ですらない寝息を立てるエリックに、ピアは、はぁ……とため息を漏らした。

騎士の苦闘と新たな協力者

エリックとピアという新たな仲間のおかげで、ミランダはようやく療養に専念できるようになった。

療養期間は五日。念のため長めに休んでもらうことにした。本人は「そんなに休んだら身体が鈍《なま》っちまうよ」と文句を言っていたが、アーヴィングが「またルイーゼを泣かせたいのか」と返すと渋々納得してくれた。

ミランダとしても、ルイーゼに心配をかけたことには負い目を感じているようだ。

ミランダは屈強な肉体の持ち主であり、それに見合った実力も有している。

一緒に戦ったからこそ、アーヴィングはミランダを高く評価していた。冒険者であれば十分に食べていけるだろう。

しかし彼女は料理人という道を選んだ。

（怪我、だろうな）

アーヴィングは、国外で自分よりも強い冒険者が怪我を理由に引退してきた様を見ていた。

ミランダもおそらく同様の理由だろう。でなければ、あれほどの実力者をギルドが辞めさせる訳がない。

ルイーゼの癒しの唄《うた》は古傷には効果がない。ミランダの負担を軽減しなければならないので、今後もピアたちには依頼を出し続けることになる。

それぞれがそれぞれ戦っている。ならば自分も負けるわけにはいかない。

思いを新たにして、アーヴィングは自分の戦場――貴族たちとの対談の場――に向かった。


代わり映えのない殺風景な対談室だが、その日は少しだけ様子が違っていた。

開始の時間になってもクレイグが姿を見せなかったのだ。

何かを企んでいるのかとアーヴィングは訝《いぶか》ったが、他の貴族たちも予想外の事態に動揺している様子だ。

（これは……好機かもしれん）

頑《かたく》なに聖女を否定する者は多いが、ごく一部だがアーヴィングの説得に耳を傾けてくれる貴族がいる。

クレイグが睨みを利《き》かせているから賛成の意を出せないでいるが、今話をすればノーマイアのように賛成してくれるかもしれない。

――アーヴィングがそう思った瞬間、扉が開き、クレイグが姿を現した。

「遅れて申し訳ない。どうしても外《はず》せない用があったのでな」

「……いえ」

「では、始めようか」

梯子《はしご》を外《はず》された気持ちのアーヴィングに対し、クレイグはいつも通りの無表情だ。

結局いつも通り対談を終える時間になり、アーヴィングはクレイグたちとの議論をやめた。

「また平行線か。いい加減に諦めたら如何《いかが》か？」

「その言葉、そっくりお返し致します」

クレイグの言葉に、アーヴィングは皮肉を返す。

アーヴィングの熱意に押されてくれたのか、徐々に「認めてもいいのでは」という声は増えてきているが――クレイグだけは聖女の研究を頑として認めようとしない。

やはり彼を説得しなければ聖女研究を始めることはできないようだ。

国王ギルバートに頼ることも考えたが――彼は教会に貴族の手の者が入らないよう、間接的にルイーゼを守ってくれている。病気の身ということもあり、これ以上の負担は掛けられない。

（もう少し、仲間が欲しい）

エリックのおかげで拠点となる屋敷の掃除はかなり進んでいる。

ピアはルイーゼの世話をすることで、ミランダが安心して療養できる環境を作ってくれている。

彼らと同等に信頼できる仲間が居れば、貴族たちへの説得と並行して研究を進められるかもしれない。表立ったことはできないが、水面下で資料を集める程度なら問題ないだろう。

それに、ルイーゼ以外に聖女の力に詳しい者は居ない。そういう研究に興味を持つ者が必要だ。

――そんな相手が都合良くいれば、の話だが。


しかし、出会いは思わぬところに落ちていた。

「あんたが言うような人間に心当たりがあるぜ」

「なに？」

その日の帰り、アーヴィングを見つけて声をかけた少年、エリック。

彼はアーヴィングの悩みを解決する答えを知っているという。

「報奨金に色を付けなくていいから、一度だけ手合わせしてほしい」というエリックの願いに応《こた》えて行った模擬試合。試合時間はほんの三十秒ほどだった。アーヴィングが振り抜いた模造剣がエリックの腹部を捉え、勝負はあっさりと決まった。

刃を潰しているとはいえ、当たればもちろん痛い。エリックは腹部を押さえながら、息も絶え絶えに立ち上がった。

「ランクが一つ違うだけでこれだけ実力差があんのかよ……Aランクは遠いぜ」

「そんなことより。心当たりがあるのか？　そいつは誰だ？」

ぼやくエリックにアーヴィングが続きを促すと、彼は、にっ、と笑って手を差し出してきた。

「情報は価値……ってね。タダじゃ教えられねえな」

守銭奴――とは思わない。価値ある情報に対価を支払うのは当然のことだ。

むしろ何も提示せずに促したアーヴィングが責められるべきだろう。

「悪い、いくら必要だ？」

「金はいらねえ。また今度、手合わせしてくれよ」

「別に構わんが……正直、今のお前ではいくら挑んできても無駄だぞ」

エリックを馬鹿にしている訳ではない。むしろCランクの割に剣筋はかなり良いと思っている。

大きな怪我をすることなく順調に行けば、目標としているAランクも十分狙うことができるだろう。

ただ、効率的にランクアップしたいならば戦闘以外の戦略が必要だ。

例えば、道具を揃える。エリックが普段使っている剣をもっと上位のものに換えるだけでもランクアップは早まるだろう。もっとも、彼にとっては筆記試験の方が難敵かもしれないが。

エリックはアーヴィングの言葉に気を悪くした素振りも見せず、こくりと頷いた。

「次は絶対勝てる！　なんて言うつもりはねえよ。見て、盗ませてくれ」

「まあ……お前がそう言うなら構わんが」

「ありがたい！　い、いてて」

ガッツポーズを取ると、急に動いた反動かエリックはまた腹部を押さえた。苦しそうにうめきながら、口を開く。

「……レイチェルっていう女を探してみてくれ。魔窟《まくつ》に興味を持っていたから、話せば仲間になってくれると思うぜ」

「そいつは信頼できるのか？」

「俺は何回も助けてもらったから信頼してるけど、アーヴィングのお眼鏡に適うかは分からねえ」

「分かった。どこにいる？」

エリックは、東地区にある鍛冶屋の場所を教えてくれた。

レイチェルの相棒が剣を折ってしまったため、腕のいい鍛冶屋を紹介してくれと頼まれたらしい。

「相棒がいるのか」

「ああ。相棒の方が目立つから、そっちを目印にした方が探しやすいかもだな。名前はキース。赤くてデカい剣を背負ってる」

「キース……キースだと？」

続けて出てきた名前に、アーヴィングは眉を寄せた。

赤い大剣を背負った剣士――その名前と特徴に、アーヴィングは聞き覚えがあった。

というより、高ランクの冒険者でその名を知らない者は居ないだろう。

大陸に三人と居ないSランク冒険者『竜殺し』。

もし、アーヴィングの想像したキースと、探しているレイチェルの相棒が同一人物なら、これほど頼もしい相手はいない。

（いや、まだ期待するな。同名という可能性だってある）

Sランクの冒険者がこんな辺境の国に来るはずがないので、むしろそちらの可能性の方が高い。

過度な期待をしないようにしつつ、アーヴィングは教えられた鍛冶屋を訪ねることにした。


目的の人物は、存外あっさりと見つかった。

赤茶けた髪を乱雑に後ろで結んだ大柄な男。表情こそ柔和だが——目が違う。

数え切れない死線を潜り抜けた者だけが持つある種の威圧感。それが目の奥に広がっている。

驚くべきはその気配の隠し方だ。半端な実力者では気付けないほど上手く周囲に溶け込んでいる。

アーヴィングはこれまでキースと出会ったことはない。

しかし、彼を一目見た瞬間、確信する。

（本物——本物の、『竜殺し』だ）

彼——キースは、地面にひれ伏す鍛冶屋を前に、困ったように頬を掻《か》いていた。彼の代名詞となっている赤い大剣は刀身の真ん中からぽきりと折れている。

鍛冶屋との間には、布でくるまれた巨大な白い何かがあった。

そんな状況でキースに声をかけるわけにもいかず、アーヴィングは立ち止まる。するとひれ伏した姿勢のままで鍛冶屋がうめくように声を上げた。

「すまねえ。俺の腕では、あんたを満足させられる品は作れねえ……代金と素材は返す」

「頭を上げてくれ大将。できないもんは仕方ないだろ？」

「大事な素材にも傷を付けちまった」

「気にすんなって」

その受け答えにもアーヴィングは僅かに目をみはる。

聞こえてきた話から推測するに、一度は依頼を引き受けたであろう鍛冶屋が、キースの持ち込んだ素材を加工できなかったのだろう。しかしキースはそれを責めることなく、むしろ相手を気遣う素振りすら見せている。

高ランクの冒険者には実力と、それなりの人格が要求される——とは言われているが、それは依頼者の前でだけだ。低ランクの冒険者や店の店員などには横暴な者が多い——それが通例なのだが、アーヴィングが見た限りキースは驚くほどの人格者だ。

アーヴィングが改めて目の前の男への畏敬の念を強めていると、キースは鍛冶屋に手を振ってから、やれやれと肩をすくめた。

彼の隣には、眼鏡をかけた女性が立っている。

キースが隣にいるため相対的に背が低く見えるが、女性にしてはかなりの長身だ。

彼女がエリックの言っていたレイチェルだろう。

「いけると思ったんだけどな。無理だったかぁ」

「魔物の素材の加工に慣れていないのよ。この国の状況じゃ、仕方ないわね」

「ここでもダメとなると……」

顎に手を当てて考え込む二人が店の外に出ようとしたので、慌ててアーヴィングは二人の前に立った。

できるだけ失礼のないよう、丁寧な言葉を心がける。

「失礼。Sランク冒険者のキース殿と、その相方のレイチェル殿とお見受けする」

「ん？　そうだが、あんたは？」

首を傾げるキースとは対照的に、レイチェルはアーヴィングを見るなり、腰を折って深々と頭《こうべ》を垂れた。

「お初にお目にかかります。アーヴィング・スタングランド第七王子。私の名前をご存知とは恐悦至極に存じます」

「俺……こほん、私を知っているのですか」

「ええ。聖女の式典でご尊顔を拝見いたしました」

「光栄です……あの、そのかしこまった口調はやめて頂きたい」

長らく冒険者として生活していたアーヴィングは、格式張った挨拶をされるのが苦手だ。

エリックくらい馴れ馴れしい方がむしろ心地よい。

レイチェルは頭を上げ、にこりと微笑む。

「あなたが使い慣れない敬語をやめて下さるのなら、私たちも普通に話させて頂きますよ」

「……参った」

アーヴィングは軽く両手を上げて、言葉遣いを改める。

付け焼き刃だと見抜かれていたようだ。

キースに相棒がいるという話は聞いたことがなかったが、別の意味で実力者のようだ。

少し遅れて、ぽん、とキースが手を叩く。

「第七王子……あー！　スライムの『女王』を退けたっていう奴か！」

「なぜそれを知っている？」

「エリックから聞いたぜ。俺も機会があれば会いたいと思ってたんだ」

人懐っこい笑みを浮かべ、キースはアーヴィングの手を握った。

「で、その王子サマが何の用だ？　手合わせしたいなら是非……と言いたいところだけど、少し待ってくれないか？　今は得物がないんだ」

折れた赤い大剣を持ち、悲しそうに嘆く。

本当にSランクの冒険者とは思えないほどに偉ぶったところがない。ただ、エリックの時がそうだったように、手合わせは基本的に模造剣で行うのが一般的だ。

(手合わせで本物の剣を使うつもりなのか？)

キースの気さくな様子と、戦いへの思い入れの落差に恐ろしいものを感じつつ、アーヴィングはさらりとそれを流した。

「単刀直入に言う。仲間になってほしい」

ギルドを介さず、Sランクの自分たちに直接話しかけてきたアーヴィングに思うところがあったのだろう。レイチェルは目を細め、キースは目を輝かせる。

「……込み入った事情があるみたいね」

「ああ。少し、場所を変えよう」


念のため人気のない路地裏まで移動してから、アーヴィングは事の顛末《てんまつ》をかいつまんで話した。

聖女の謎の解明と、魔窟《まくつ》の破壊を目的としていること。

それを貴族に妨害され、動くに動けないこと。

信頼できる仲間が圧倒的に足りないこと。

「――という訳だ」

「この国もなかなか複雑な事情を抱えているのね」

話し終えると、レイチェルは得心したように頷いた。

「どうだろう。協力してもらえないか？」

「私が返事をするわけにはいかないわ――ねぇ、キース」

「俺か？　もちろんいいぜ。目的が同じなら手を貸さない訳はねえ」

話を振られたキースは間髪いれずに親指を立てる。あまりにあっさりとした返事にアーヴィングは目を瞬《しばた》かせた。

「助かる。しかし目的が同じとはどういう意味だ？」

「簡単だ。俺たちも魔窟《アレ》をぶっ壊そうとしていたんだ――というか一度、試した」

「なんだと⁉」

あの事件の最中、ちょうどアーヴィングがスライムの『女王』と相対していた時、キースは独自に魔窟《まくつ》を壊そうとしていたという。

だが未だに魔窟《まくつ》は健在。つまりSランクの力をもってしても破壊は不可能、ということだ。

「事後の調査で魔窟《まくつ》周辺の木々が焼け落ちていたと聞いたが……あれは魔窟《まくつ》の影響ではなく」

「ああ。俺がこいつでやった」

竜の素材を使った赤い大剣。刃の反対側――鎬地《しのぎじ》の部分に、疑似魔法の素材となる竜の鱗《うろこ》が大量に付いている。

アーヴィング自身もよく使うから分かるが、竜の疑似魔法はとんでもなく強力だ。

一度使用すれば戦況をひっくり返せる力を持っている。

キースはそれを、自身の魔力が続く限り連発できる。彼の剣は刀身が折れているが、その状態でも兵器と呼んで差し支えない代物《しろもの》だ。

キースは大剣の折れた部分を指しながら、後を続ける。

「魔窟《まくつ》、アレはあのままにしておくと危ねえ」

推測ではなく、はっきりと確信を含んだ物言いに、アーヴィングは息を呑んだ。

「……何を見た？」

「――手だ」

「手？」

突拍子もない単語が出てきたなと、アーヴィングは眉を寄せた。

思わずレイチェルを見るが、彼女も真剣な表情を崩していない。からかわれている——訳ではないようだ。

「私から説明するわ。あの日、あの場所で何があったのかを」

レイチェルが話を引き継ぐ。彼女は魔窟《まくつ》の方角を睨みながら、あの日の出来事を語り始めた。

▼　▼　▼

「道なりに進めば左手に魔窟《まくつ》が見えてくる！　あいつは俺に任せて先に行け！」

ゴブリンに襲われる騎士を助けに行ったエリック。

その後ろ姿を見送り、キースとレイチェルは僅かに立ち止まった。

「どうする？　追いかける？」

「いや。ああ言ってるし、エリックを信じよう」

そのまままっすぐ進むと、エリックが言った通りの場所に古ぼけた岩窟《がんくつ》を発見した。

どうして気付けなかったのかと思うほど禍々《まがまが》しい空気が、魔窟《まくつ》の入り口から溢れている。

「レイチェル」

「ええ」

キースの言葉に、レイチェルは短く呪文を唱えた。使用したのは鑑定魔法と呼ばれるものだ。

大がかりな機器を使うものより精度は落ちるが、魔法的な力がどれほど加わっているか、魔力の出所が人間か、魔物か、自然か……それらを見分けるくらいはできる。

呪文を唱えて数秒、レイチェルは顔をしかめた。

「……なによ、これ」

「どうした？」

「無反応よ」

魔窟《まくつ》から流れる力が魔物を凶暴化させている。それは見える。

しかし――魔窟《まくつ》自体からの反応は全くの『無』だ。

この魔法を信用するなら、魔窟《まくつ》に魔法的な力は備わって『いない』ということになる。

「どういうことなの……？」

「斬ってみりゃ分かるだろ！」

キースは地面が割れるほどの力を足に込め、大剣を大上段に振り上げて飛んだ。

「りゃああ！」

寒気のするような力のこもった剣戟が魔窟《まくつ》の入り口に触れた瞬間――周辺の空気が震えた。

武器が持つ切れ味、本人の膂力《りょりょく》、地面に引きつけられる力――すべてを混合した必殺の一撃。

どんな硬度を持った魔物であろうと、この力を前にしてはあっけなく斬り裂かれてしまうだろう。

しかし。

「!?」

キースは絶句した。

岩の表面から先に剣が入らない。あらゆるものを両断するはずの力は、あっけなく弾かれてしまった。

キースは間髪いれずに剣先を向け、呪文を唱える。

「疑似魔法――〝竜の吐息《ドラゴンブレス》〟」

他の種族と違い、人間が扱える魔法は範囲が狭く、弱い。それを拡張する目的で生み出されたのが疑似魔法という技術だ。魔物の素材を媒介にすることで、その魔物独自の魔法を使うことができる。

キースが放った疑似魔法は彼の二つ名の由来にもなった竜が使っていたものだ。

代償として彼の魔力と、大剣に付いた鱗《うろこ》の一つが消滅する。

竜の業火が荒れ狂い、魔窟《まくつ》を呑み込む。炎はそれだけでは飽き足らず、周辺の木々をも焦がしていく。

キースは肌を焼く熱さの中で魔窟《まくつ》の入り口を凝視した。

「……無傷、だと？」

金属すら溶かす業火の中、魔窟《まくつ》は依然としてそこに佇《たたず》んでいる。表面に僅かな凹みや傷――焦げた跡すら付いていない。

「なんなんだ、この岩っころ」

「今のところ分かるのは『ただの岩じゃない』ってことだけね」

レイチェルは鑑定を諦め、僅かにため息をついた。

さらに高度な鑑定魔法を使用できれば何か分かるかもしれないが、この国では素材も機器も手に入れることは難しいだろう。

キースはどこかから破壊の足がかりを見出せないかと入り口を眺め回す。

「中に入ってみるか」

「危険すぎない？」

「内側が弱いって可能性もあるだろ」

「そうだけど……」

「なら、行くしかねえよ」

キースは慎重な足取りで魔窟《まくつ》の中へと侵入する。

最悪の事態に備え、レイチェルは入り口付近で待機する。

魔窟《まくつ》の中はそれほど広くはなく、ほんの数メートル進んだだけで行き止まりになっていた。

突き立った岩が何層にも重なっている光景は異様ではあるが、禍々《まがまが》しい空気はない。外界と切り離された静寂の中、キースが手近な岩を大剣の先で小突く。

「感触は完全に岩だな」

キースの声は僅かに反響しながら外のレイチェルに届く。

「でも傷は付かない、と」

「そういうこと。本当に何も反応ないのか？」

「あら。私の魔法を疑うの？　それは連綿と魔法の真髄を模索しながら鑑定魔法という一つの様式を確立した祖国の研究者たちへの冒涜《ぼうとく》――」

「あー、悪かった」

「……」

魔窟《まくつ》の中で手をひらひらさせるキースに、レイチェルは後でもう一度言ってやろうと心に誓う。

そして、ぐるりと内部も外側も一周した結果、頼もしい相棒《キース》が出した解決策は、

「岩の隙間に剣を差し込んで〝竜の吐息《ドラゴンブレス》〟を使ってみるか」

結局力業《わざ》だった。

力業《わざ》の『力』が飛び抜けているのがキースの長所であり短所だ。

レイチェルが慌てて声を上げる。

「ちょっと待って。そんなところで使ったらあなたも無事じゃ済まないわよ!?」

〝竜の吐息《ドラゴンブレス》〟は強力だが大味な技で、使い方を間違えれば術者をも巻き込んでしまう。

それを防ぐ役割を担《にな》っているのがレイチェルだが、さすがに洞窟の中、しかも近距離で〝竜の吐息《ドラゴンブレス》〟を使用するキースを無傷で守り切れるほど強力な魔法使いではない。

レイチェルの声にキースはへらりと笑うばかりだ。

「一発試してみるだけだ。死にはしねえよ――防御魔法を頼む」

「……髪の毛が焦げるくらいは許してよね」

「もちろん。じゃあ――いくぜ」

キースが大剣を逆手に持ち、岩の隙間に差し込もうとしたその時——魔窟《まくつ》が、大きく振動した。

岩という岩が共鳴し合い、不協和音を奏でる。

まるでその音は——人間の、うめき声のように聞こえた。

「なんだ？」

「分からないわ。けど、一旦離れた方が——」

「おい、見ろ！」

キースが指差した場所。

奥の岩が、少しずつ……少しずつ、動き始める。

振動はすぐに収まったが、重なり合った岩がズレて僅かな隙間が見えた。

「——え？」

レイチェルは、隙間から出てきたものを見た瞬間——硬直した。

それは、人間の手だった。

掌《てのひら》の大きさからすると子供のものだ。性別は分からない。

——あの隙間に、人間が入る隙間なんてあるはずがない。

（なに——どういうこと？）

レイチェルの頭の中を大量の疑問符が埋め尽くす。

手は岩の表面を撫でながら——徐々に手首、前腕、二の腕と姿を現していく。

「——っらあああああああ！」

呆然とするレイチェルとは対照的に、キースの行動は早かった。

雄叫《おたけ》びを上げてすぐさま手に斬りかかる。

異常事態でも動ける胆力は流石『竜殺し』だと感心すると同時に、レイチェルは違和感を覚えた。

おかしな場所から出てきたとはいえ、幼い子供の腕だ。いつものキースならまずは助けようとするはず。

しかし肘あたりを狙った大剣は、岩の表面を斬った時と同様に弾かれてしまう。

そこでレイチェルは、ようやくその異常さを認識した。その手が本当に子供の柔肌であったのならば、刃物でなくとも容易に傷付いてしまうほど柔いはずだ。

キースの大剣よりも硬いはずがない。

だが現実として、その手は剣を弾いている。

「はあああああッ！」

さらに追撃を加えるキース。一度だけではない。何度も、何度も。

勘の鋭い彼が、本能的にあの小さな手を倒すべき『敵』と認識している。

(あれは、何？)

遅れて、レイチェルの全身の肌が粟立《あわだ》つ。

手の正体は分からない。しかし——あれはここに在ってはならないものだ。

それだけはなぜか理解できた。

「らぁ！　ああ！　おああああ！」

一向に斬れる様子のない手。もはや剣で斬るのではなく鈍器で殴りつけているかのようだ。

魔法で加勢したいが、キースを巻き込んでしまう可能性がある。

レイチェルはいつでも呪文を唱えられるようにしながら、機を窺《うかが》うことにした。

何度もキースに斬りつけられ、ようやく手が反応を見せる。

まるでたった今、攻撃されていると気付いたかのようだ。

小さな掌《てのひら》をしっかりと開き、振り下ろされた大剣を止める。素手で掴んでいるにもかかわらず、研《と》ぎ澄まされた刃は当然のように仕事をしない。

「ぎ——ッ!?」

キースが全身の力と自重を加えるが——まるで縫い止められたかのように大剣は動かなくなった。

「レイチェル！　俺に構うな！」

「『氷雪《ひょうせつ》の腕《かいな》にて捧《ささ》げる寒冷《かんれい》の抱擁《ほうよう》』！」

合図を受け、即座に放てる最大の魔法を放つと、生えてきた手を中心に岩の一部が凍りついた。

範囲は絞ったが、それでもキースの身体の一部にまで影響が及ぶ。

僅かに手の動きが鈍る——が、それはたった一瞬。本当に一瞬だけだった。すぐに魔法の効果は消え失せた。

（嘘。効いてない!?）

驚愕《きょうがく》するレイチェルが凝視する中、手の甲に細く青白い血管が浮き上がった。同時に、ビキ、という異音が魔窟《まくつ》の中に反響する。

竜の素材をふんだんに使った最強の大剣が、手に掴まれている場所を中心にひび割れていく。

「――ッ！」

キースの判断は早かった。手との力比べに勝つことを諦め、斜めに剣を振るい――自ら、剣を折った。

力の拠《よ》り所を失い、手が体勢を崩す。その隙を突いて彼は肩口まで出てきていた岩の隙間に折れた大剣を差し込み、呪文を唱えた。

「〝竜の吐息《ドラゴンブレス》〟」

確実に自分を巻き込む近接距離での疑似魔法だったが――奇妙なことに、荒れ狂う炎は岩の隙間にすべて呑み込まれてしまった。

構わずキースは連続で呪文を唱える。

「〝竜の吐息《ドラゴンブレス》〟〝竜の吐息《ドラゴンブレス》〟〝竜の吐息《ドラゴンブレス》〟〝竜の吐息《ドラゴンブレス》〟〝竜の吐息《ドラゴンブレス》〟〝竜の吐息《ドラゴンブレス》〟〝竜の吐息《ドラゴンブレス》〟〝竜の吐息《ドラゴンブレス》〟――うぉ!?」

さすがにたまらなくなったのか、手が暴れてキースを弾き飛ばした。

「危ない！」

レイチェルが身を挺《てい》して受け止めようとするが、止めきれず二人一緒に魔窟《まくつ》の外まで飛ばされた。途中でどのように体勢を立て直したのか、着地した時レイチェルの身体はキースの腕に包まれていた。

「ありがと」

「礼を言うのはこっちだ。それよりあの手をどうにかしねえと！」

キースは戦意を喪失していなかった。レイチェルでも初めて聞くような切羽詰まった声で折れた大剣を握り締め、再度攻撃を仕掛けようとするが――突如天から光が降り注ぎ、魔窟《まくつ》の禍々《まがまが》しい空気を抑え込んでいく。

光に包まれた瞬間――魔窟《まくつ》の壁から伸びた手が焼けるような音を立て、隙間の奥に引っ込んでいく光景が見えた。

「なんだったんだ、今のは」

――聖女様には、魔窟《まくつ》を封じる力があるんだ。

レイチェルは、エリックが言っていた言葉を思い出していた。

「……これが、聖女の、力？」

その頃には、魔窟《まくつ》はもう何の変哲《へんてつ》もない岩の塊に戻っていた。

▼　▼　▼

「魔窟《まくつ》から伸びてきた手……」

「ええ。これがあの時、私たちが体験したことよ」

にわかに信じがたい話だったが、アーヴィングは首を横に振った。

魔窟《まくつ》そのものが常識の外にある存在だ。どんな話だろうと一笑に付すことはできない。

現にキースの大剣は折れているのだから。

加えて――魔窟《まくつ》から出てきたという手には、思い当たる節がある。

封印が完全にできなくなっていることを、ルイーゼは「閉じようとした扉に手が挟まっている」と表現していた。単なる比喩ではあるが、奇妙な一致に何かを感じざるを得ない。

「そんなわけで、あんたと組まない理由はない。本当ならすぐにでも協力したいところなんだが……さっきも言った通り、得物がなくてな」

「……だな」

折れたキースの大剣は既製品のサイズではない。おそらく特注のものだろう。換えの剣を打てる鍛冶師を探してエリックに腕のいい鍛冶師を紹介してもらったのだろうが、結局は断られていた。

魔物の素材の加工などに関して、スタングランド王国は後進国だ。

聖女の活躍を忘れるほどの期間、魔物の脅威に晒《さら》されなかったのだから当然と言えば当然だが。

「これからどうするつもりだ？」

「国内で見つからなかった以上はしょうがねえ、隣の国まで行くつもりだ。そこなら確実に打ってもらえるからな」

そこには以前、世話になった腕利《き》きの鍛冶師がいるという。

もうすでに当てがあるならありがたい。アーヴィングが重ねてキースに問うた。

「戻るまでどのくらいかかる？」

「えーと。どのくらいだ？」

「三ヶ月ってところね」

首を傾げるキースに代わり、レイチェルが答えた。

ルイーゼの寿命を考えると一刻も早く前に進みたいところだが、魔窟《まくつ》の奥に何かが潜んでいると分かった以上、戦力も揃える必要がある。

キースには万全の状態でいてもらった方がいいだろう。

アーヴィングは彼の申し出に頷いた。

「構わない。依頼金も弾ませてもらう」

「いらねえよ。ただ、魔窟《まくつ》の奥にいるヤツが出てきた場合は俺に譲ってくれ」

獰猛な笑みを浮かべるキース。

彼の後ろでは、レイチェルが頭を抱えていた。

「また始まったわ……この戦闘馬鹿」

「……」

やはり彼はSランク冒険者だな――と胸中で呟きながら、アーヴィングは付け足す。

「もし出てこなかった場合は?」

「んー、そうだな……できるだけ強い魔物か、もしくはあんたとの模擬戦でもいいぜ」

「……いいだろう」

「契約成立だな」

アーヴィングが差し出した手を握り返すキース。アーヴィングよりもさらに一回り大きく、長年得物を握っていたであろう皮膚の厚さに頼もしさを覚えると同時に——彼ですら傷を付けることも叶わなかった魔窟《まくつ》破壊への道程の長さを再認識する。

（諦めるな。絶対に道はある）

弱気になりそうな自分を叱咤《しった》する。

「馬車はこちらで用意しよう。乗合馬車よりも早く行ける」

「おお、それは助かるぜ」

キースは先程とは別種のへらりとした笑みを浮かべ、新しく刀身となる魔物の素材——ギガンテスの骨らしい——を撫でた。

「早いに越したことはないからな。俺が剣を直してる間に全部解決して出番なし……なんてことだけは避けたい」

「はぁ……」

戦うことにしか興味のないキースの言葉を聞いて大きく息を吐くレイチェル。なんとなくだが、彼女の気苦労が窺《うかが》えた。

「ところでアーヴィング王子。ちょっと聞きたいのだけれど」

「王子はやめてくれ」

勘違いされやすいが、王位継承権を返上したアーヴィングの立場はあくまで冒険者だ。

王宮に泊めてもらってはいるものの、扱いとしては客人に分類される。

「じゃあ、アーヴィング。いま知っている限り、魔窟《まくつ》と聖女のことを教えてくれないかしら」

「ああ、いいだろう」

アーヴィングはレイチェルに知り得る限りの情報を伝えた。強力な魔法使い（キース談）である彼女ならば、こちらが思い浮かばなかった妙案を思いついてくれるかも、という期待を込めて。

「聖女の力が寿命を削る……」

「何か思いつくことはないか？」

「……いいえ、ごめんなさい」

しばらく黙考していたレイチェルだったが、力なく首を横に振る。

念のためキースの方に目をやると、彼は降参するように両手を上げた。小難しいことはさっぱり分かりません、ということらしい。

「情報が少なすぎるわ。下手にあちこち手を出すより、まずは集中して調べるほうがいいかも」

「集中……か」

「ええ。聖女と魔窟《まくつ》を切り分けて、まずは聖女について情報を集めてみてはどうかしら？」

アーヴィングが思い描いていた聖女研究は、ルイーゼの寿命を延ばす施策を打ち出しつつ、魔窟《まくつ》の破壊を試みる……という予定だった。

必然的に魔窟《まくつ》を優先し、次に聖女という順番になっていたが、レイチェルは聖女を先に調べろと言う。

「聖女から調べたほうがいいという理由があるのか？」

「大事な聖女様なんでしょう？」

「な――っ」

アーヴィングの気持ちなどお見通しだと言いたげなレイチェルの視線に、二の句が継げなかった。

この状況において、それは是と同義だ。

「ふふふ。やっぱりね」

「なんだ、何の話だ？」

「脳筋は黙っていなさい」

「ひでぇなオイ!?」

全く話が理解できないキースを一蹴するレイチェル。

「魔窟《まくつ》の起源が何かは分かっていない。けれど聖女は少なくとも人間が起源でしょう？　だったらそちらの方が調べやすいと思うわ」

一応、ちゃんとした理由もあるようだ。

「文献が残っていなくても、口伝《くでん》では残っているかもしれない。焦る気持ちは分かるけれど、もう一度じっくり周囲を見渡してみて」

レイチェルの言うことはもっともだ。

ここのところアーヴィングは貴族に足止めされ、無意味に苛立《いらだ》っていた。

ルイーゼを救うという結果だけを欲しがり、結果、仲間にも多大な負担を強いている。

これではいつまで経っても目標に到達することはできない。

それを諭されただけでも収穫だ。

ヒントをくれたレイチェルに礼を言ってから、これからのことを伝える。

「馬車は手配しておく。明日、西門の前に来てくれ」

「ありがとう」

「それじゃ、また明日な」

二人に別れを告げた後、アーヴィングは繰り返した。

「……情報が少なすぎる、か」

聖女の情報。魔窟《まくつ》の情報。パズルを組もうにも、ピースが欠けすぎて全体像が描けない。

レイチェルの言うように、両者のパズルは別に考えるべきだ。

聖女のパズル。魔窟《まくつ》のパズル。どちらかだけでも集中して組み上げることができれば――もう片方も見えてくるものがあるはずだ。

「ピースが足りないなら……増やすまでだ」

まずは聖女について調べる。

そして幸いにも、アーヴィングが知らない聖女のピースを持つ人物の心当たりがひとつだけある。

問題は――それが最悪の相手だということだ。

――継承前に聖女が死ぬと、自動的に次の聖女が選ばれる。

ごく一部――確認したところ、聖女本人か、教主クラスの人間しか得られない情報を、なぜか知っていた人物。

「クレイグ・トーレス公爵。何が何でも説得し――協力してもらうぞ」

聖女の危機

「ありがとうございます、聖女様。ところで私、さる御方に仕えている身でして」

「結構です」

いつものように教会で人々を癒すルイーゼ。

最近は治療中に、妙な勧誘を受けることが増えた。

文言はまちまちだが、おおよその話の筋はこうだ。

私はやんごとなき身分の者の下で働いている。その方がルイーゼに興味があり、ぜひ話をしたいと言うが時間を作ってもらえないだろうか。あなたにも益のある話を持っている——と。

初めは少し動揺することもあったが、もはやうんざりする他ない。

「聖女様。あなたの今後のためにもなります。どうかお話を聞いて頂けませんか」

「私を呼び出すためだけに部下に怪我をさせるような方とお話しすることはありません、と『さる御方』にお伝えください」

「……っ」

目の前の男が黙り込むと同時に、ルイーゼも密かに顔を歪めた。

ルイーゼは王国主催の式典以外では教会の外に出ず、貴族が開催する晩餐会などはすべて断っている。

つまりここでの治療は、ルイーゼと話をするためには一番の近道だ。伝言係となる人物に深手を負わせれば、治療と称してルイーゼと簡単に話をすることができる。

ルイーゼに誘いをかけるためだけに、この男は傷つけられた——そう考えると怒りを覚える。

さらに恐ろしいのは、この手口を使っている者が一人ではない、ということだ。

これまでルイーゼにとって貴族は特に思うところのない、失礼な言い方をするなら陰の薄い存在だった。しかし今はこんな方法ばかり取る彼らには嫌悪が勝る。

彼らを諦めさせるためにも、ルイーゼはこれらの誘いをすっぱり断るようにしている。

しかし、それに業を煮やしたのか、最近は変わった手口を使うようになってきていた。

「はい、治りましたよ」

「ありがとうございます聖女様」

次にやってきた見るからに煌《きら》びやかな服を着た金髪の青年は、治療が終わると膝をつき、ルイーゼの手を取った。

顔を上げて、にこりと笑うと、磨き上げられた白い歯が天井のステンドグラスから降り注ぐ陽光を僅かに反射する。

「名乗るのが遅れて申し訳ありません。私はマクゲイン・ローナ。あのローナ家の長男でございます」

「……どうも」

『あの』と言われても、どのなのか分からない。

貴族の間では有名なのだろうか。

「聖女様は罪な御方だ。傷を治した私に恋という新しい病を患《わずら》わせるとは」

「……」

ルイーゼは無表情で青年を見下ろす。眉間に皺《しわ》が寄らないようにするのが精一杯で、表情を取り繕う余裕はなかった。

「後生です。どうかこの苦しい胸の病を治して頂けませんか？」

「……」

このように、最近は年の近い貴族が直接来ることが増えた。そして傷を治すと『あなたの美しさが云々《うんぬん》』とのたまう。

それが余計にルイーゼを苛立《いらだ》たせる。

(私が本当に何人も恋に落とせるなら——なんでアーヴは落ちないのよ！)

少し接しただけで数多くの貴族が虜《とりこ》になるなら、アーヴィングは真っ先にルイーゼに惚れているはずだ。

つまり貴族たちの褒《ほ》め言葉は、世辞に過ぎない。褒《ほ》めちぎり、おだてあげれば何でも言うことを聞くだろうと思われていることにも腹が立つ。

何とも思っていない相手に、心にもない「あなたに惚れました」と言われることの不快さは筆舌に尽くし難く、ルイーゼは失礼にならないギリギリの線を見極めて手を振り払った。

「無理です。ご自身でなんとかしてください」

「……では、せめてお側に仕えさせて頂けませんか？　こう見えて剣の腕にも覚えはあります」

「いえ。私には頼れる騎士がもういますので」

「聖女の騎士、アーヴィングですか……。しかし彼は一度国を捨てた身。信用に足るか些《いささ》かの疑問を差し挟まざるを得ません」

「は？」

心が冷える感覚があった。

ルイーゼは自分を悪く言われることに慣れている。

――あなたはいいの。

――血税泥棒。

――聖女など不要。

それがルイーゼの日常だったからだ。むしろ賞賛ばかりされる今のほうが違和感を覚える。

しかし反対に、仲間に対する悪口への沸点は驚くほど低い。

アーヴィングは国を捨てたのではない。より戦闘の激しい場所に身を置いて自分を鍛《きた》えていたのだ。

聖女を救いたい。

それだけのために、すべてをかなぐり捨てた。

アーヴィングの覚悟の強さ。それをいちいちこの男に教えるつもりはない。

ルイーゼは目を細め、貴族――たったいま名乗られたはずなのに、もう忘れた――を睨み付け、いつもより数段低い声で告げた。

「今、何と？」

「ですから、彼はあなたの側に置くには相応《ふさわ》しくない……と……」

ルイーゼの変化を悟り、貴族の声が尻すぼみになる。

するり、とルイーゼは一歩だけ歩を進める。右手を前に出して貴族の胸板を軽く押すと、彼は抵抗もなくたたらを踏んで尻餅をついた。

「せ……聖女様？」

ルイーゼの豹変《ひょうへん》に困惑し、貴族は視線をまごつかせる。

ルイーゼは気にせず、彼に向かって手のひらを見せつけるように掲げた。

「それ以上、私が選んだ、私の騎士を侮辱《ぶじょく》しないでください――次はこれをお見舞いしますよ」

「――ひ。し、失礼しましたぁ！」

暗に頬を張ると宣言すると、貴族は足早に部屋を飛び出した。

「……アーヴのこと、何にも知らないくせに」

吐き捨てるようにそう告げる。

それは自分にも当てはまることだと気が付き、ルイーゼは大きく嘆息した。

「聖女様。何かございましたか？」

逃げ帰った貴族の様子を不審に思ったのか、扉の外から護衛の騎士が顔を覗かせた。

表情を取り繕い、ルイーゼは首を横に振る。

「いえ、何でもありません。次の方をお願いします」

怒りで塗りつぶされかけた脳内を落ち着けて、ルイーゼは再度集中する。

「よろしくお願いします」

「はい。どうぞこちらへ……って」

入ってきた人物に、ルイーゼは目を丸くした。

そこにいたのは痩せ細った少年――つい数日前にやってきたばかりのロイだった。

ルイーゼがじっと見つめていると、ロイはおどおどし始めた。

「……あ、あの。もしかして回数制限とかあるんでしょうか？」

「ううん。大丈夫よ。今日はどこが痛いの？」

「背中です」

「分かったわ。こっちにいらっしゃい」

少年を呼び寄せ、断りを入れてから服をめくり上げる。骨の浮き上がった背中には、無数の痣《あざ》が付いていた。

「この傷……」

「ちょっと、転んでしまって」

前回と同じく歯切れの悪い物言いだった。

明らかな犯罪でない限り、他人であるルイーゼが口を出すことはできない。

痣《あざ》は転んで付くような位置ではない所に付いているが、それが本当に人の手で付けられたものなのかは証明できない。

――結局、ルイーゼにできることは少年の傷を癒すことだけだ。

聖女であろうと、できることは限られている。

すべての人々を救うなど、一個人の力では不可能なのだ。もどかしい思いを抱えながら、癒しの唄《うた》でロイを治療する。

「はい、終わったわ」

「ありがとうございます」

ロイは深く頭を下げ、すぐに出ていこうとする。

……このまま帰らせていいのだろうか。

ルイーゼは背中を向けた彼に「そういえば」とわざとらしく声をかけた。

「この前、何か言いかけてなかった？」

「……」

前回の去り際、ロイは何かを伝えようとしていた……ような気がする。

「何か言いたいことがあるんじゃないの？」

「こ、ここでは……」

ロイが周りを見回す。

ルイーゼの居る聖堂の中は監視と防衛装置が備わっている。

治療に集中するため人払いをしているが、この中ではルイーゼに狼藉《ろうぜき》を働くことはできないのだ。

「見られているみたいで嫌だ」と、クラリスはこれを嫌って自ら外に出て治療していた。

ここでは話せない——つまり、何か込み入った事情なのだろう。

前回は「何でもありません」と言っていたロイだが、今回は話をしてくれそうだ。

少し悩んだだが、どう見ても困っている少年のことを放っておけなかった。手の届く範囲の人間は助ける、がルイーゼの信条だ。

「じゃあ——」

通行証を渡し、謁見の間に来てもらおうか——ルイーゼがそう考えた瞬間。

窓のステンドグラスが、派手な音を立てて割れた。

「!?」

割れた窓から侵入した何者かが複数人、押し寄せてくる。彼らは全員が顔を布で覆っていた。

「聖女様！　何事で——ぐわぁ!?」

扉の前に控えていた騎士が慌ててルイーゼのもとへ向かおうとしたが、降ってきた男に首を強打され、床へ転がされた。

「何者!?」

ルイーゼはロイを庇《かば》い、後方へと下がりながら相手の頭数を数えた。

顔を隠した——体格からして、男が四人。

その中の一人が手を差し出し、ルイーゼを手招きする。

「聖女ルイーゼ。大人しくこっちに来い。そうすれば乱暴はしない」

「ふざけないで。どうやってここに来たのか知らないけど、大人しくするのはそっちよ」

ルイーゼは、ちらり、と扉の向こうを見やった。

この教会には内部の人間を守る機能が施されている。異常があればすぐに人が駆けつけてくれるはずだ。

今は時間を稼ごう――そういう心持ちで、ルイーゼは口を開く。

「今投降すればまだ罪は軽いもので済むわ」

「無駄だ。頼りの防衛装置は無効化してある」

「――ッ」

ルイーゼの心臓が跳ねた。

防衛装置があることは当然ながら一般には知らされていない――なのになぜ、この男達がそれを知っている？

もちろん装置は完璧ではない。アーヴィングもそれを突破してルイーゼを教主クロードから救い出してくれたのだから。

しかし、彼の実力をもってしても「相当苦労した」と言っていた。

人数は勝っているとはいえ、彼らがアーヴィングよりも実力者とは到底思えない。

防衛装置の破壊はハッタリだろうか……しかし、現にここまで侵入されている。

常に最悪の事態を想定すべし――ミランダの教えの通り、ルイーゼは救援が来ないものと考えを改めた。

考えても答えの出ない疑問は後回しにして、ルイーゼは握っていたロイの手を離した。

「せ……聖女様？」

「あいつらの狙いは私みたい。危ないから下がってて」

近くに居ると巻き添えで怪我をさせてしまうかもしれない。

ルイーゼはロイから彼らを離すように、自分で距離を詰めた。

「殊勝だな。そいじゃ、こっちに来てもらおうか――」

伸ばしかけた男の手を、わざとらしく嫌味に払う。

「気安く触らないで」

「――こ、この、アマァ！　お高く止まりやがって！」

一瞬で激昂《げきこう》した男が、前のめりにルイーゼの胸ぐらを掴もうと手を伸ばす。

その瞬間。

「あ……？」

ルイーゼは伸びてきた腕を抱えるように両手で掴み、ぐるりと男に背中を見せた。

「せい――やああああ！」

ルイーゼは非力だ。真正面から力比べをすればこの中の誰にも勝つ自信はない。

しかし技術さえ用いれば――男一人を投げ飛ばすくらい、訳はない。

そのための方法を、ルイーゼは学んでいた。

――怒らせて引きつけりゃいいんだよ。

力強いミランダの声がルイーゼの耳の奥で聞こえた気がした。

「おぐぅ!?」

「あ……あいた……」

勢い余って自分も転んでしまったが、投げた男の上に着地したのでダメージはない。

背中を強打して転がる男に、ルイーゼは勝ち誇った声を上げた。

「どう？　ミランダさん直伝の投げ技の味は？」

少し前に学び始めた護身術をこんなに早く使う日が来るとは思いもしなかった。

はじけ飛びそうなほど心臓の鼓動が速いが、それを顔に出す訳にはいかない。

(落ち着いて……焦らずにやれば、私でもできるんだから！)

あまりに唐突な出来事に言葉を失う男達を強気に睨み、さらに挑発をする。

「聖女を簡単に捕まえられるなんて思わないことね」

「この――クソガキがぁ！」

「大人しく来いっつってんだよ！」

ルイーゼの言葉に呆気に取られていた男たちが同時に飛びかかろうとする。

(ちょ、ちょっと待って……二人同時はどうしたらいいの？)

護身術は一対一のみ有効なもので、複数に襲われたらとにかく逃げろとしか教わっていない。

逃げられず、相手にしなければならない場合はどうすればいいのだろうか。

(二人同時に腕を掴んで――いや、無理無理！)

考えている間に、男の一人に腕を掴まれる。

「は、離して！」

「うるせぇ！」

「――離しなさいッ！」

「⁉」

威圧感を込めて叫ぶと、男たちの動きが僅かに鈍った。

「なんつー迫力してんだ。このチビ……」

「誰がチビよ！」

「ぶぇ⁉」

めいっぱいの力と怒りを込めて開いた掌《てのひら》を振り抜くと、男は唾《つば》を飛ばして倒れた。

反射的に出た攻撃だったが、意外にもダメージは与えられている。

（あと二人――え？）

不意にルイーゼの身体が浮いた。

初めに倒したはずの男がいつの間にか起き上がり、後ろに回り込んでいたようだ。

目の前のことに夢中で、全く気が付かなかった。

「ちょっと――離しなさい！」

「回収完了。ずらかるぞ」

男はルイーゼの抗議を無視して逃げ出そうとする。

もがいてもルイーゼの力では男の腕力には勝てず、抜け出せそうにない。

どうすれば、とルイーゼがパニックに陥りかけた時。

「やめろ……やめろー！」

声変わり前の、少年の声が響いた。ロイだ。

彼は逃げようとする男に体ごとぶつかった。その衝撃で肩に担がれていたルイーゼは拘束から逃れる。

「このクソガキがぁ！」

「ぐぁ⁉」

しかし行き当たりばったりの突進で男の動きを止められるはずもなく、ロイは男の拳をまともに喰らい、床に叩きつけられた。

「ロイ！　大丈夫⁉」

「おっと聖女。てめーはこっちだ」

ルイーゼが駆け寄ろうとするが、別の男に再び腕を掴まれる。

振り解《ほど》こうにも、真正面から力比べをして勝てる相手ではない。

人数も、戦力も相手が上。そして増援は望めない。

万事休すかと思われた時――割れたステンドグラスから、一つの影が躍り出た。

「なにやってんだお前らあああぁ！」

「――⁉」

闖入者《ちんにゅうしゃ》は降りた拍子にルイーゼの腕を掴んでいた男を昏倒させる。

「エリック！　来てくれたのね」

「遅れてすみません！」

砂煙を立てて、エリックがルイーゼを背中に庇《かば》った。その姿を見て男たちが表情を変える。

「お……お前、どうしてここに⁉」

「へ――あんなゴロツキで俺を止められると思うなよ」

エリックにも彼らの仲間が差し向けられ、ルイーゼとの合流を阻《はば》んでいたらしい。それはどうやら返り討ちにしたようだが。

「じきに他の騎士もやってくる。全員、武器を捨てろ」

「ぐ――くそがあああ！」

男の一人が剣を抜き放ち、エリックに襲いかかる。

「遅え！」

エリックは半身をズラして剣を躱《かわ》してから、カウンターの要領で男の腹部に膝を叩き込む。

「おぐ……」

身体がくの字に折れ曲がり、男は膝をついた。

一人を倒してなお油断なく前を見つめるエリックに、奥に居た別の男が賞賛の意を込めて口笛を吹く。

「やるじゃねえか。だったら、俺が相手してやるよ」

「はん。悪あがきを……って!?」

男が一歩足を踏み出した瞬間――彼の姿は、エリックの目の前にあった。

袈裟懸《けさが》けに振り下ろされた凶刃をギリギリで受け止めるエリック。重みに耐えきれず、膝がガクンと下がった。

「ほう……俺の動きが見えるとは。やるじゃねえか」

「ぎ……」

歯を食い縛るエリックとは反対に、男は幾分か余裕がある。

たった一太刀交えただけだが、ルイーゼの目から見ても両者の実力差は明白だった。

この男――エリックよりも、強い。

「遊んでいる暇はない。さっさとくたばれ」

「!?」

男の猛攻は続く。エリックはなんとか攻撃を喰らわないようにしてはいるが、防戦一方で手が出せない状態だ。

戦闘に慣れていないルイーゼの目には、男が瞬間移動しているようにさえ見える。

「そらぁ!」

「ぐあ!?」

ついに、男の放った一撃がエリックを壁際まで吹き飛ばした。

「エリック!」

「大丈夫です！　聖女様は離れていてください！」

口の端から零れた血を拭うエリック。痛む素振りすら見せず、実力差の開いた相手を前に一歩も引く様子はない。

「来いよ。聖女様には指一本触れさせねえぞ！」

ルイーゼの脳裏には、先日の出来事が浮かんでいた。

苦しむミランダを前に焦り、混乱し、何もできなかった。

彼女の負担を和《やわ》らげようとしたが、料理すらまともにできなかった。

今もそうだ。加勢もできず、ただ守られるだけ。

また。

また自分は、何もできないのだろうか。

（――違う。私にできること。私がやるべきことは――）

ルイーゼは静かに首を横に振り、その場に膝をついた。

「エリック。加勢するわ」

「……聖女様？　なにを」

目を閉じ、ルイーゼは小さく、しかし揺るぎのない力強い声で口ずさむ。

独特の韻《いん》を踏むそれは――唄《うた》だ。

「癒しの唄《うた》……？　いや、違う」

何度か聞いたことのある癒しの唄《うた》とは異なる旋律に、エリックが眉根を寄せる。

違和感はそれだけに留まらなかった。

「てめーに構ってる暇はねーんだ！　もう死にやがれ！」

男が再び姿をかき消し、エリックを仕留めようと飛びかかる。

これまでで最も速く、最も重い一撃。しかしエリックはそれを難なく受け止めた。

「なに⁉」

「見える」

エリックは信じられない思いで呟いた。

あれほど苦戦した男の動きが、今は遅いとすら感じる。

受ける度に痺《しび》れていた手は痛みすら感じない。

五感が鋭敏になっていく感覚と、腹の底から湧き上がる力に戸惑う。

下がろうとする男を縫い止めるように力を込めると、男の表情から余裕が消えた。

明らかに体格が劣るはずのエリックの方が競り勝ち、重なる刃は徐々に男の方へと傾いていく。

「なんだこの力……！　何がどうなってやがる⁉」

「なんか知らねーけど、すげー身体の調子がいいわ——負ける気がしねえ」

「俺はこの剣一本でBランク目前までのし上がった男だ！　てめーのようなクソガキに負けるはずがねえええぇッ！」

「そうかよ。俺はAランクになる男だ」

Bランク目前。道理で強いはずだとエリックは納得した。

エリックの剣を全身全霊の力で弾き飛ばし、男の姿が再び消える。

しかし鋭敏になったエリックの五感は、瞬《まばた》きの間も男を捕捉し続けていた。

(そうか。そうやって動けばいいのか)

よく分からない力で男の動きを盗み見たエリックは、即座にそれを真似る。

身体能力の上がった今のエリックには造作もないことのように感じた。

「なにぃぃぃっ!?　こんなガキが、このベルクレント様よりも速く動けるだと!?」

「終わりだ」

エリックは男よりも先回りし、首の後ろに剣の柄を叩き込んだ。

「がっ!?」

白目を剥き、男はそのまま意識を失った。

ふう、と息を吐いてエリックは残る男達——今なら十秒と掛からず倒せる——を見据えた。

「こいつが一番強かったみたいだけど、まだやるか？」

剣の先を向けると、彼らは観念したように武器を捨て、膝をついた。

「聖女様！　ご無事ですか!?」

そしてほぼ同時に、騎士たちが駆け付けた。

男達の捕縛を彼らに任せ、ルイーゼはエリックの側に駆け寄った。

「怪我はありませんか、聖女様」

「ええ、大丈夫よ」

ルイーゼは力強く頷いた。

男を投げ飛ばした拍子に手を擦り剥いたが、こんなものは怪我のうちに入らない。それより地面に倒され、今も呆然としているロイの方が心配だ。

「ロイ。起きられる？」

ルイーゼはロイのもとへ駆け寄り、ゆっくりと彼の身体を起こした。

「はい――あ、あの……治療は結構です」

「駄目よ」

辞退しようとするロイを遮《さえぎ》り、ルイーゼは彼の様子を窺《うかが》う。

冒険者は荒事に慣れているが、小間使いの彼はそうではない。僅かな傷でものちのち痛み出すだろう。

それに――このまま家に帰したら、メイデンが怒鳴り込んで来そうだ。

――治療院に行ったのに、どうして怪我が増えているんですか⁉

傷の状態を確認し、癒しの唄《うた》を使う。僅かに腫《は》れていた顔が、見る間に元に戻った。

それを眺めながら、背後でエリックが不思議そうな声を上げた。

「しかし、さっきの身体が軽くなるやつはなんですか？　癒しの唄《うた》とは違いましたよね」

「『激励の唄《うた》』よ」

「げき……れい？」

――『激励の唄《うた》』。

味方の能力を底上げする聖女の技だ。

一般的に使用される補助魔法のような効果をもたらすが、決定的に違う点は、底上げする能力が『すべて』というところにある。

身体能力はもちろん、魔力や五感まで――あらゆる能力を引き上げる。

さらに対象はルイーゼが味方と認識した者複数に及ぶ。自分で使ったことはないが、十人程度にまで効果を与えることができるという。

「超強力な補助魔法ってことですね。やっぱり聖女様はすげー！」

「全然よ。一人で戦うこともできないし……料理も……」

目を輝かせるエリックとは対照的に、ルイーゼは先日の無力感を思い出して肩を落とす。

「聖女の力は確かにすごいわ。でもこれは結局私の力じゃないの」

使い方は歴代聖女の記憶から。

そして能力そのものは初代聖女から継承したに過ぎない。

ルイーゼ自身が編み出した訳でもなく、ただ記憶を頼りになぞるだけだ。

これで「自分はすごい！」などと喜んだらとんでもない勘違いだ。

さらに言うなら、激励の唄《うた》は癒しの唄《うた》と同様、他人にしか使えない。

結局、誰かに頼らなければ何もできないことに変わりはない。

ルイーゼ一人の力など、皆無《かいむ》に等しい。

「できないことばかりだし。ほんと、自分が嫌になるわ」

「それでいいと思いますけど」

しかし、エリックはきょとんとした顔で頬を掻《か》く。

「俺、計算と料理と掃除と字書きが苦手で、その辺は全部ピアに任せてますけど……別に嫌になったりしないですよ。その代わり依頼人との交渉、道案内、戦闘は俺がやってます」

ルイーゼはこの数日間の、ピアとの会話を思い出した。

ピアはエリックのことをよく話してくれるが、これをしてくれない、という愚痴《ぐち》は一度も聞いたことがない。

二人は互いに不得意な部分を認め合い、補い合っている。

「できないものは誰かに頼んでやってもらえばいいんですよ。その分、自分の得意分野で相手に返せばそれでチャラです。今で言えば、聖女様がゲキレイの唄《うた》を使ってくれなかったら俺は負けていました。聖女の能力があなただけのものでなくても、今その力で、俺を助けてくれたのはルイーゼ様です」

剣を鞘《さや》に収め、エリックは肩をすくめる。

「俺には俺にしかできないことがある。そしてルイーゼ様にはルイーゼ様にしかできないことがある。それでいいじゃないですか」

「……エリック」

胸に引っかかっていたものが霧散するようだった。

数日前、ピアが言いたかったことはこれだろうと遅まきながら理解する。彼女はルイーゼを崇拝するあまり、気持ちが先回りしてうまく言葉にできていなかったが。

「そうね、少しだけ――開き直ってもいいのかもしれない」

聖女の能力は引き継がれるもので、借り物。それは間違いない。しかし、その能力をどう用いるかはルイーゼ次第だ。

「ありがと。少し、すっきりした」

「どういたしまして」

ルイーゼはロイに向き直り、彼にも頭を下げた。

「ありがとうね、守ってくれて」

ロイが男を足止めしなかったら、エリックが来る前にルイーゼは連れ去られていたかもしれない。

そういう意味では、彼が一番の功労者だ。

「……いえ。すみませんでした」

「?」

ロイはルイーゼに歯切れ悪く答え、逃げるようにその場を後にした。

▼

ルイーゼを襲った男達の正体は、聖女に恨みを持つ冒険者だった。

先日の事件で仲間を失い、パーティを解散せざるを得なくなり、以前のように稼げなくなった者達。

遅かれ早かれこういうことが起きてもおかしくないと思っていたが、まさか教会の中で襲いかかられるとは思いもしなかった。

「てめぇのせいで……！」

全員が大人しくなる中、エリックと相対した男――ベルクレント、と言ったか――だけは未だルイーゼを憎々しげに睨んでいた。

彼はCランクの冒険者で、間もなくBランクに昇格……というところで、凶暴化した魔物に襲われて相棒を喪ったらしい。

ルイーゼはベルクレントの前にしゃがみ、彼を見つめた。

「私が憎い？」

「たりめーだ！　ぶっ殺してやる……！」

「それは困るわ。ボコボコくらいで許してくれない？」

「……なに？」

思いがけないルイーゼの言葉に、ベルクレントが瞠目《どうもく》する。

その間にルイーゼは彼の縄を――自ら解《ほど》いた。

「せ、聖女様⁉」

周囲の騎士が驚いた声を上げるが、ルイーゼは手を挙げてそれを制した。

困惑する周囲を無視してルイーゼは両手を合わせ、祈りの姿勢を取った。

縄を解かれたベルクレントは未だに自由になった両手を彷徨《さまよ》わせ、立ちすくんでいる。

「……なんのつもりだ」

「好きなだけ殴りなさい」

「……は？」

「償いよ。あなたが仲間を喪ったことへの」

騎士やエリックに手を出すなと厳命し、ルイーゼは目を閉じた。

唐突に自由になったベルクレントは迷っていた。

罠という可能性ももちろん考慮したが……それよりも、先ほどのルイーゼの目に、彼は怯んでいた。

誰かが彼女を「チビ」と呼んでいた。実際にその表現は的確で、彼女は年齢にしては随分と幼い。

しかし、目が異様だ。純真な輝きを放つ一方で慈愛に満ちた哀しみを湛《たた》えている。

ベルクレントが逡巡《しゅんじゅん》している間もルイーゼは無防備な状態を崩さない。

「さあどうぞ」

「う……うぐ……」

聖女。

魔窟《まくつ》の封印を意図的に解き、市民に甚大な被害を与えた大罪人。

憎むべき相手のはずなのに——ベルクレントは、ルイーゼに手を出すことができなかった。

そして躊躇《ためら》い、自問自答を繰り返すうちに、彼は気付いてしまった。

——そもそも、彼女を殴って何が解決するのだろうか。

ここでどれだけ彼女を殴っても、仲間は帰ってこない。

過去に戻る魔法は存在しないのだから。

（違う。俺は……相棒を助けられなかった俺自身を憎んでいたんだ）

我が身かわいさに憎む相手を聖女に置き換え、自分の心を守っていた。

そう思い込む方が楽だったから、彼は喜んで逃げたのだ。

（俺が本当に殴りたいのは——俺自身だ）

ベルクレントは拳を振り上げ、自分で自分の頬を殴りつけた。

「ありがとうございます聖女様。目が覚めました」

ルイーゼは自身を差し出すことで、ベルクレントが現実から目を背けていたことを気付かせてくれた。

「……あれ、いいの？」

もちろん、当のルイーゼにそんな意図はない。

ただ、あの時のことで憎しみを向けてくる相手にはこういう対応をしようと前から決めていただけだ。

ルイーゼが祈らなかったことで多くの血が流れた。

仲間達は聖女を侮《あなど》ったニックが悪い、教主が悪いと言う。

しかし、根本的な原因はルイーゼにある。

自分がもっと聖女としての信頼を集めさえしていれば、そもそも聖女不要説など流れなかった。それを払拭《ふっしょく》するに至らなかったのは他でもないルイーゼの落ち度だ。

だからルイーゼは、責められたら応《こた》えられる範囲で応《こた》えると決めていた。

さすがに「死んでくれ」は叶えられないが、「ボコボコにしてやる」くらいなら喜んで受ける。

それで彼の気が済むのなら——と思っていたのだが。

ルイーゼの考えに反し、ベルクレントは憑《つ》き物が落ちたような表情でルイーゼの前で跪《ひざまず》いた。

「罪を償うことができたら……また一から、やり直したいと思います」

「そう……？　それならいいけど」

痛みを覚悟していただけに拍子抜けしつつも、再び大人しく縄をかけられるベルクレントにルイーゼは問いかけた。

「ところであなたたち、どうやって教会に入って来たの？」

「ある男から依頼を受けました。聖女を攫《さら》ってきたら報酬《ほうしゅう》を弾む、と。その際、教会の仕掛けの解き方も教わりました」

「ある男……？」

ルイーゼを憎む者だろうが、心当たりが多すぎて分からない。

「覚えている範囲で特徴を教えてくれない？」

「男ですが、正体は分かりません。ただ去り際、そいつはこんなものを落としていきました。懐《ふところ》に入っています」

男の言葉に、騎士が懐《ふところ》を探る。

そこから出てきたのは――古ぼけたペンダントだった。

▼

「襲われた、だと……!?」

教会を訪れたアーヴィングに事の顛末《てんまつ》を話すと、彼は顔を歪めた。

「くそ！　よりによって俺がいない間に……！」

拳を握り締め、唇を噛むアーヴィング。

「実行犯は何者かに依頼されたと言っていたな。それが誰か分かったのか？」

「ううん。顔を隠してたらしくて。ただ、真犯人に繋がるものを持っていたわ」

ルイーゼはベルクレントから預かったペンダントをアーヴィングの目の前に掲げた。

アーヴィングの表情が変わり、目をみはった。

「これは……!?」

「知ってるの？」

「知っているも何も、これはクレイグ・トーレス公爵のものだ」

「クレイグ・トーレス公爵……？」

アーヴィングの鬼気迫る表情に戸惑いつつ、ルイーゼがオウム返しに聞き返す。

「聖女反対派の筆頭で、黒い噂の絶えない人物だ」

曰く、クレイグは聖女研究を止めるためなら手段を問わないらしい。過去、アーヴィングと似たようなことをしていた者を何人も潰してきている。

さらにクレイグはこうも言っていた――教会に知り合いがいた、と。

「知り合い……？」

「誰かまでは分からん。だが相当高い位にいたはずだ」

クレイグは聖女に関して妙に詳しかった。教会の警備を抜ける穴を知っていたとしても不思議ではない。

クレイグは話し合いで聖女研究を止めようとしないアーヴィングに業を煮やし、聖女に恨みを持つ冒険者崩れを使いルイーゼを直接攫《さら》いに来た。

考えれば考えるほど、辻褄が合う。

「あの男……！　そこまで腐っていたのか！」

アーヴィングはペンダントを潰れんばかりに握り締め、怒りを露《あら》わにする。

「クレイグのところに行く」

「ちょ、ちょっと待って！」

「証拠もあるんだ。言い逃れはさせん」

「だからって一人は危なすぎるわ！」

追いすがるルイーゼに構うことなくアーヴィングは歩を進める。

ルイーゼの腕力では、どれだけ体重をかけて引っ張っても彼を止めることはできない。

そんなアーヴィングを見かねたのか、エリックが引き止めてくれた。

「待てよアーヴィング。あんたが行ったらまたルイーゼ様の守りが手薄になるぞ」

「……む」

ルイーゼを守る。その一言でアーヴィングの足はピタリと止まった。

教会には強固な防衛装置が備わっている。だからこそアーヴィングは聖女の騎士でありながらルイーゼの側を離れ、貴族の説得に注力できていた。

それを部外者が解除できると知った今、教会はもはや安全ではない。

ルイーゼの守りの強化は必須であり、急務だ。

しかし今ならクレイグを追い詰める材料がある。アーヴィングは足を止めたくなかった。

エリックも眉を寄せてルイーゼを守れそうな人間を考える。

「キース達は？」

「……もう国外に出てしまった」

つい先日、用意した馬車で出ていくところを見送ったところだ。

今から追いかけるには時間がかかりすぎる。

「じゃあせめてミランダが回復するまで待てないか？」

「あいつを戦力に入れるな」

「なんでだ？　一緒に戦ったんだろ？」

「もう無理のできる身体じゃないんだ」

「あ……」

その言葉にエリックは言いよどむ。

ミランダは過去の古傷が原因でもう戦える身体ではない。スライムの『女王』との戦いを最後にしておかなければならない。

現役の冒険者であるエリックは、その一言でおおよその理由を察したようだ。

ルイーゼの癒しの力も、過去に負った傷まで治すことはできない。聖女の力は埒外《らちがい》ではあるが、万能ではないのだ。

そこに割り込むようにして手を挙げたのはルイーゼだ。

「私も一緒に行くわ」

「駄目だ、危険すぎる」

「だったらなおさらよ。そんな危険人物のもとにアーヴを一人で行かせる訳にはいかないわ」

ルイーゼとしては、エリックとアーヴィングが完全にルイーゼを守られる側だと認識しているのが悔しい。

アーヴィングはルイーゼが絡《から》むとやや盲目的になるきらいがある。嬉しいことではあるが、もっと自身のことも考えてもらいたい。

「無理に連れて行けとは言わないわ。けど、一人は絶対に駄目」

「そうだぞ。俺も連れてけよ」

「……いま頼れるのはお前達だけだ」

「だったら」

「だからこそ、連れて行くわけにはいかん」

ルイーゼ、ミランダ、エリック、ピア、キース、レイチェル。

アーヴィングが完全に信頼を置いているのはこの六人だけだ。

ミランダは言わずもがな。エリックは完全に改心し、ピアはもとより敬虔《けいけん》な聖女信者だ。

キースとレイチェルも頼もしい仲間ではあるが——ここに居ない人物のことを言っても仕方がない。

ルイーゼは考え込み、思いつくかぎりのアイデアを口にした。

「……ちょっと畏れ多いけど、国王陛下を頼るとか」

「父上は駄目だ」

「だよね」

現在、国王ギルバートは病床の身でありながら激務の中にいる。聖女のこととなれば仕事を放り出して助けてくれるだろうが、かかる負担が大きすぎる。

「アーヴのご兄弟は……？」

「それも無理だ。対価として何を要求されるか分かったものではない」

「うーん……」

アーヴィングの兄弟、すなわちスタングランド王国の王子たちはどちらかといえば敵にあたる。王子達を競わせることで次期王を決定するという取り決め故、兄弟間は基本的に仲が悪い。たとえ王位継承権を捨てたアーヴィングであってもそれは変わらず、何を企んでいるのだと警戒されるだろう。

アーヴィングは奥歯を噛み、頭を掻《か》いた。

クレイグは聖女の事情に何故か精通している。

今回の襲撃を考えると、教会の設備に関しても詳しいのだろう。

彼が敵であるなら教会は安全ではなく──むしろ油断を招く危険な場所だ。

「他に頼れる人は居ないの？」

安全にルイーゼを匿《かくま》う場所を用意できる人物。

ルイーゼに問われ、アーヴィングの脳裏に一人の男が浮かんだ。

「……一人だけ、いる」

困ったことがあれば頼ってこいと言ってくれた、彼なら──

迷惑がかかることを恐れていたが、今回ばかりはそうも言っていられない。

「……少しだけ時間をくれ。彼に話をしてみる」

アーヴィングは悩みに悩んだ末、一度彼のもとへ向かうことにした。

▼

アーヴィングが訪ねた相手は——ノーマイアだ。

夜遅くにもかかわらず、ノーマイアは即座に門を開いてくれた。不快感など欠片《かけら》も感じさせず、ただならぬ事情があったのだと察し、心配してくれた。

アーヴィングは事の顛末《てんまつ》を伝え、ルイーゼが襲撃に遭ったこと、そしておそらくその黒幕がクレイグであることを伝えた。

「——という訳なんです」

「なるほどなぁ」

「突然来訪した上に不躾《ぶしつけ》なお願いで申し訳ありませんが——私がクレイグ殿と話をする間、ルイーゼを匿《かくま》ってくれませんか」

「任せておけ。ウチの地下室は広い。窓からの侵入もできん。そこなら安全に匿《かくま》えるぞ」

ノーマイアは優しく微笑み、アーヴィングの肩を軽く叩いた。

「ようやく頼ってくれたか。嬉しいぞ」

「……え？」

「気付いていないかもしれんが、君は昔からなんでも一人でやろうとするクセがある。それが悪いこととは言わんが、たまには頼ってくれ」

「言い出した私が言うのも何ですが、本当にいいのですか？　王宮でのあなたの立場が……」

「そんなものはどうとでもなる。私の図太さを舐めてもらっては困るぞ」

ノーマイアは太った腹を叩き、アーヴィングに手を伸ばした。

「君がクレイグ殿の罪を立証し、彼を失脚させてくれれば手伝った私の株も上がる。そういう下心もあって助けているんだ。私は汚い大人だから、勘違いするんじゃないぞ？」

出世欲のないノーマイアにそんな野心はないことは昔から知っている。

アーヴィングが心苦しくないようにするための方便だ。

「……ありがとうございます」

ノーマイアの助力が得られたことはとんでもなく大きい。

ルイーゼの守りを完璧にしながら、エリックとピアを連れて行くことができる。

アーヴィングは、ほっ、と息をついた。

「それでは、早速で恐縮ですが具体的な行動指針についてお話をさせてください」

「ああ。しかし……やはりクレイグ殿だったのか」

「……やはり、とは？」

小さく呟いたノーマイアの不穏な発言をアーヴィングは聞き逃さなかった。

ノーマイアは「あくまで噂話だが」と念入りに前置きしてから、こう語った。

「……クレイグ殿は聖女研究をする者をことごとく潰してきた」

「ええ、それは以前仰《おっしゃ》ってましたね」

「その『潰す』というのは抗議や審議だけではない、なんて話があってな」

「なんですって？」

一時期、聖女の謎を解明し、教会の力を弱めようという動きが貴族の間に起きていた。

聖女不要説なるものが勢いづいたのもその時期だ。

しかし、聖女の研究に関わった者は残らず大きな事故に遭い、中には命を落とした者もいるという。

その件に加担していたのがクレイグではないか、という噂があったとノーマイアは語る。

もちろん証拠は何もないが、徹底的に抗議するクレイグの姿と聖女研究を立案した者が次々不幸に遭う、という現実を並べて見た時にそういう噂が生まれるのはあり得ることだ。

貴族が必要以上にクレイグの顔色を窺《うかが》うのも、そういう理由から来ていたようだ。

「しかし、まさか聖女自身を狙うとは。ますます彼が聖女研究を嫌がる理由が分からんな」

冒険者は聖女を攫《さら》うことを目的としていたが、もし本当に攫《さら》われていたらルイーゼは殺されていたかもしれない。

継承の儀式をせずルイーゼが死んでも、聖女は新たに生まれてくる――この情報を知るクレイグなら、ルイーゼを殺せばアーヴィングが止まると考えた可能性がある。

「……それも含めて、問い質《ただ》さなければなりませんね」

思いがけず聞けた新たなクレイグの話に、アーヴィングは目に剣呑な光を浮かべた。

ノーマイアも人の好い顔を引き締めて頷いた。

「気を付けろ。クレイグ殿はかつて騎士として名を馳せ、将軍とも競り合った男だ」

アーヴィングといえども、彼に剣技で勝つことは一筋縄ではいかないだろう。

年齢相応に衰《おとろ》えているとはいえ、油断すれば一気にやられる——ノーマイアはそう警告した。

「ありがとうございます。では、行動開始と行きましょう」

ノーマイアの協力を取り付けたアーヴィングは、その足で教会に戻った。

「——というわけだ。明日の早朝に俺、エリック、ピアの三人でクレイグの屋敷に乗り込む。ルイーゼはその間、ノーマイア殿のところに居てくれ」

「……分かったわ」

自分を連れて行って貰えないのは少し寂しいが、ルイーゼ自身は戦力にならない。

たとえ激励の唄《うた》で味方を強化できたとしても、ルイーゼが狙われれば足を引っ張ってしまう。

一人で行かない、という約束を守ってくれたのだ。これ以上のワガママは言わずに大人しくしよう。ルイーゼはアーヴィングに向かって頷いた。

「明日、決着をつける」

アーヴィングはペンダントを握り締め、短く呟いた。

▼

「では、行くぞ」

次の日、アーヴィングはエリックとピアを引き連れ、クレイグの屋敷へと赴《おもむ》いた。

クレイグ・トーレス公爵邸は都の北西側、貴族の屋敷が建ち並ぶ一角にある。ずっしりとした重厚感のある門構えが、見る者を威圧する。

「こ、こんなデカい屋敷に住んでるのかよ……」

「貴族はだいたいこんなものだ」

平民出身のエリックは屋敷の大きさに目を剥いていた。

瞬《まばた》きを繰り返すピアも言葉こそ発さなかったが、似たような感想だろう。

冒険者生活の長いアーヴィングはその気持ちがよく分かった。

平民と貴族の生活様式はまるで違う。

幼少期は王宮の外に出たことのなかったアーヴィングは、冒険者になり初めて泊まる宿の狭さと汚さに目を剥いたことを思い出していた。

「止まれ。何者だ」

見張りの兵士がアーヴィング達を見咎め、誰何《すいか》する。

「公爵に会わせてくれ。聖女の件で話がある、とな」

「なんだと？」

しばらくアーヴィングを睨んでいた兵士の表情が変わる。

「貴様、いや、あなた様はアーヴィング王子……!?」

「公爵に伝えてくれないか。そう言えば分かるはずだ」

「し、失礼しました！　直《ただ》ちに！」

王子の来訪を一介の門番が押し留めることはできまい。

正確にはもう王子ではないが……今だけはその勘違いを利用させてもらうことにした。

会う前に些細な出来事で消耗したくない。

兵士があからさまに態度を変えたので、エリックは目を見開いていた。

「そういや普通に話してるけど、アーヴィングって王子だったんだな。俺、不敬罪になったりしないよな？」

「もう王子じゃないんだ。普通にこれまで通り接してくれ」

不安そうに身を震わせるエリックに、アーヴィングは苦笑を返した。

しばらく待っていると、先程の門番が戻ってくる。

余程急いだのか、息を切らしながら正門の横の小さな扉を開いた。

「お、お待たせしました。どうぞお入りください」

門番に案内された先は屋内の訓練場だった。高い天井と広さがあり、壁にはあらゆる種類の武器防具がずらりと並んでいる。

王宮にある騎士養成所に勝るとも劣らない。貴族とはいえ、これほどの施設を敷地内に備えているのはクレイグだけだろう。

「……っ」

中に入った瞬間、アーヴィングの肌が粟立《あわだ》つ。

クレイグは訓練場の中央にぽつんと立っていた。広大な訓練場が戦場に思えるほどの殺気に満ちている。

「……何用だ」

驚くことに、彼が身に付けているのは一般的な訓練で使われる軽鎧ではなく、本物の鎧《よろい》だ。

鎧《よろい》は身を守ってくれる反面、頑丈《がんじょう》であればあるほど重く、体力を奪っていく。

室内に充満する汗の臭いからして、かなり長時間身体を動かしていたと推測できる。

つまり、あの重い鎧《よろい》を装着してもまだ動けるほどの体力を有している、ということだ。

(未だ現役、という言葉に偽りなしか……ノーマイア殿から聞いた通りだ)

アーヴィングは油断なくクレイグを見つめ、慇懃《いんぎん》に頭を下げた。

「突然の来訪失礼いたします。クレイグ殿」

「聖女研究を諦める気になったのか」

「いえ、今回はそのことではありません」

「では何だ」

「教会の警備が破られ、第十代聖女ルイーゼが彼女を憎む冒険者崩れに攫《さら》われそうになりました」

アーヴィングは、じ……っと、クレイグの表情を見張った。僅かな感情の機微も見逃さないように。

「……聖女は無事か」

「ええ。護衛が間一髪で間に合いました」

「そうか。それは安心した」

彼の言う「安心」は「祈りに支障がない」ことを喜んでいるだけで、ルイーゼの身を案じて出た言葉ではないように見える。それどころかクレイグの淡々とした返答にどこか余裕を感じ、アーヴィングはもう一歩踏み込んだ言葉を発した。

「言うべきことがあるのではありませんか？」

「……何が言いたい」

それでもクレイグの表情はまるで変化がない。

アーヴィングは畏《かしこ》まった姿勢をやめ、声を張り上げた。

「単刀直入に言おうクレイグ殿。あなたが犯人ではないか？」

「馬鹿な。何を根拠に」

アーヴィングは懐《ふところ》から古ぼけたペンダントを取り出し、それをクレイグの顔の位置まで掲げた。

「……き、貴様！　それをどこで!?」

反応は劇的だった。

鉄仮面を被っているようだったクレイグの表情が歪む。

「実行犯の男は依頼者が落としたものと言っていました。これこそ、あなたがこの件に関わっていたという証拠ではないでしょうか」

「か、返せぇ！　それを返せ！」

「その前に――知っていることを全部話せ」

取り繕っていた敬語をかなぐり捨て、アーヴィングはクレイグを睨んだ。

「知らん――私は何も知らん！」

「見苦しいぞ」

「最終通告だ。それを返し、すぐにここを去れ！」

「断る。罪を明らかにし、すべてを白日の下に晒《さら》す」

「この……分からず屋がぁ！」

武器を構えるクレイグ。彼が手を振り上げると、見張りの騎士たちが雪崩《なだ》れ込み、抜剣した。

アーヴィングたちも静かに剣を抜いた。

「議論の場では勝てなかったが……こちらではそうはいかんぞ」

アーヴィングは背後で戦闘態勢を取るエリックとピアを見やった。

「雑魚《ざこ》は任せた」

「任された！」

「はい！」

▼

「おおおおお！」

雄叫《おたけ》びと共に大上段から斬り掛かるクレイグに、アーヴィングは剣を横に構えることで応《こた》えた。

(重い……ッ!)

両手でクレイグを押し返し、返す刀で袈裟《けさ》懸《が》けに振り下ろす。

「ふぬぁあ!」

「ッ!」

しかしクレイグはそれを難なく弾き返し、さらにアーヴィングとの距離を詰める。

交わる刃が拮抗し、両者の間で不協和音を奏でた。

力は僅かにクレイグの方が勝っているが、ほぼ互角だ。

(強い……!)

「す、すげー……あのオッサン、アーヴィングと互角に張り合ってるぞ」

「ちょっとエリック! よそ見しないで⁉」

外野が騒がしいが、そちらに構う余裕はなかった。

老年に差し掛かったとは思えない力強さに、アーヴィングは脳内でクレイグの実力を上方修正する。

(これは……無傷で倒すのは至難の業《わざ》だな)

「ぬ⁉」

アーヴィングは呪文を唱え、身体に風を纏《まと》わせた。

吹きすさぶ風がアーヴィングの剣を押し、両者の拮抗を崩す。

「疑似魔法か⁉　小癪《こしゃく》なぁ！」

クレイグは不利を悟り、後ろに跳んだ。鎧《よろい》を着けているとは思えないほどの身軽さだ。

アーヴィングは細く息を吐きだすと、再度上段に剣を構えた。

「クレイグ殿。あなたは強い――しかし、それでは俺に勝てない」

「ほざけ小僧！　疑似魔法を唱える隙はもう与えんぞ！」

剣の実力は――驚くべきことに――ほぼ互角だ。

勝敗の分かれ目はアーヴィングにはあってクレイグにはないもの――すなわち、魔法だ。

風の魔法が効力を失いかけるタイミングを見計らい、クレイグが再び猛攻を仕掛ける。

しかし、彼の剣がアーヴィングに届くことはなかった。

突如として発生した水がクレイグの刀身を覆い――それが一瞬で凍り付く。

「なにィ⁉」

同時に吹いた突風に煽《あお》られ、クレイグはたたらを踏んで後ろに倒れた。

「疑似魔法⁉　唱える隙など……！　いや、これは……⁉」

疑似魔法は発動が容易である反面、いくつかの欠点がある。

媒介が必要になること。決まった効果・威力でしか使えないこと。そして――通常の魔法を含め、同時に唱えられないこと。

いまアーヴィングは、水と氷、そして風の魔法を同時に使用した。

そういう効果を持つ疑似魔法でない限り、それはあり得ないことだ。

それは、さらにあり得ない可能性を示唆していた。

「貴様、剣士ではなかったのか！」

「剣士であると言った覚えはない」

通常、魔法の詠唱には高い集中力が必要になる。

そのため前衛と魔法職は分かれているのが一般的だ。

エリックとピアがいい例だ。エリックが前に出て、ピアが補助魔法で彼をサポートする。

しかしアーヴィングはそれらを兼任することができる。

よく勘違いされるのだが、アーヴィングは剣士ではない。

剣を携行しているのは、魔法だけで対処し辛い場面を考えて得物を持っていた方がいいというだけの話だ。

そして剣は最も広く普及し、どこでも安価で手に入れやすい。

特別、剣の才能があったから――という理由ではない。

「馬鹿な、私と同等の剣技に加え、三属性もの魔法を操るだと……？」

「三属性ではない」

アーヴィングは短く呪文を唱え、掌《てのひら》に炎を出現させた。

「よ、四属性……!?」

「一応、特異魔法以外はすべて使える」

全属性使い。

魔法は本人の生活環境や趣味嗜好によって威力や習熟度に『偏《かたよ》り』が生まれる。

その『偏《かたよ》り』を、人々は『適性』と呼んでいる。

適性のある属性は早く覚えられ、ないものはなかなか上達しない。

複数の属性を操る魔法使いは珍しくないが、それらが全て高い領域にあれば話は別だ。

全属性使いともなれば、大陸に数人居るかどうかだ。

アーヴィングはそれだけでなく、剣技も高いレベルで習得している。

事実、クレイグは魔法を使われるまでアーヴィングのことを剣士と誤解していた。

剣士ではなく、魔法使いでもない。

そして剣士であり、魔法使いでもある。

アーヴィングを強いて表現するならば――彼は魔法剣士、とでも呼ぶべきだろう。

まぎれもない特異で希有な才能だが、本人はこれを「器用貧乏」と称している。

「クレイグ殿。あなたは強い――しかし、俺の敵ではない」

クレイグの実力は目をみはるものがある。しかし、それだけだ。

アーヴィングが攻めあぐねていたのは、クレイグを傷付けずに制圧するのが難しい――というだけの話だ。

単に殺せばいいならむしろ簡単で、本気で魔法を使えばあの鎧ごと両断することだってできる。

「こちらからの最後通告だ。武器を捨てて、知っていることをすべて話せ」

「だ、黙れぇえええ！」

クレイグの剣がいくつもの軌跡を描き、アーヴィングに迫る。

重い鎧《よろい》を着けているとは思えない速度だ。

「我が剣技を侮《あなど》るな！　魔法を使う暇も与えずに攻め倒してくれる！」

「――残念だ」

アーヴィングは猛然と襲いかかるクレイグの剣をすべて打ち払いながら、魔法を唱えた。

魔法に深い造詣を持つ者がこの場にいれば、その速さと精密さに卒倒するような超絶技巧。それを、彼は難なくやってみせた。

発動した魔法により風が吹き荒れ、クレイグの剣が何もない中空で押し留まる。

指向性を持った風が、彼の剣を徐々にアーヴィングから遠ざけていく。

「多少の怪我は覚悟してもらうぞ――恨むなよ」

続けてアーヴィングが唱えたのは、水魔法。

同時に、大質量の水が洪水のように湧き出し、クレイグを押し出していく。

「ぬ――ぬおおおおおおおお!?」

しばらくそれに抗っていたクレイグだったが、耐えきれずに押し流され、壁に叩きつけられた。

「ぐふっ……」

「終わりだ。まだやるか？」

クレイグの喉元にアーヴィングが剣先を突きつける。しかし、クレイグは怯《ひる》まなかった。

憎々しげにアーヴィングを睨みつける。

「あり得ん……あの落ちぶれ王子が、この私を退けただと⁉」

アーヴィングの剣術は、彼が幼い頃、からっきしで有名だった。ニックにすら勝てず、武道の才能なしという烙印《らくいん》を押されていた。

魔法にしてもそうだ。七年前のアーヴィングは才能の片鱗《へんりん》すらなかった。

「死ぬ気でやれば人間、何でもできるものだ」

「何故……お前をそこまで駆り立てたものは何だ⁉」

「聖女だ」

普通であれば武道を諦め、別の道を歩んだだろう。しかしアーヴィングには力が必要だった。何者にも負けない、強い力が。

ただ一つの目的——ルイーゼを救うために。

それだけを願い、それだけを思い、それだけを遂行する。

そのために覚えられるものは何でも貪欲に吸収した。

今のこのスタイル——魔法と剣術の併用——も、数々の試行錯誤の中で編み出したアーヴィング独自のものだ。

「たとえ神への反逆だとしても、俺はルイーゼを救う」

「……！」

確固たる信念を宣言するアーヴィングを見るクレイグの目が、僅かに変化する。

「勝負はついた。話してもらうぞ」

「……聖女の謎は追うべきではない」

「貴様、この期に及んでまだ言うか！」

アーヴィングはクレイグの胸ぐらを掴み上げた。

「ルイーゼが何をした⁉　あいつはただ、人々を守ろうとしているだけだ！」

なぜ理解してくれないのか、というアーヴィングの声は慟哭《どうこく》に近い。

——自己犠牲《ぎせい》。

ルイーゼの本質はどこまで行ってもそれに尽きる。一度「助けたい」と思うと、どれだけの犠牲《ぎせい》を払ってでもやり遂げてしまう。

ニックに追放を言い渡された時、彼女は『祈らない』という選択をした。

一見すると無責任な意趣返しのように思えるが……それによって起きた犠牲《ぎせい》のすべてに対し責任を負うという覚悟を持った選択だ。下手をすれば何千人もの人間に恨まれる。

それをすべて分かった上でルイーゼは『祈らない』という選択をした。

心優しいルイーゼは聖女になるべくして生まれたような性格だが、だからこそ聖女として犠牲《ぎせい》になってほしくない。

冒険者たちに襲われた時もそうだ。彼女は襲撃者を許すどころか、自分の身を彼らに差し出そうとまでした。

他人のために自分の死すら是としかねないあの姿勢。

それをアーヴィングは——絶対に許容できない。

ルイーゼは救われ、報われ、幸せになるべきなのだ。

(それを邪魔するのなら——たとえ誰であっても容赦はせん)

アーヴィングはクレイグを掴む腕に力を込め、彼を締め上げる。

そんなアーヴィングに、クレイグは力なく首を横に振った。

「違う。そうではない……! 下手に刺激をするな、と言っているんだ」

「どういう意味だ」

「聖女の謎を追う者は、ことごとく悲惨な死を迎える」

「それは貴様が」

「私ではない」

この期に及んで嘘をついている——とは思えない様子に、思わずアーヴィングは腕の力を緩めた。

クレイグは咳き込み、アーヴィングをひたと見つめる。

「私は確かに、聖女研究をする者を何人も諦めさせてきた。しかしそれは、犠牲《ぎせい》を出さないためだ……私の、息子のように」

「……なんだと?」

クレイグには一人息子がいた。

武道の才能には恵まれなかったが学問で優秀な成績を修め、研究者を目指した。

そして彼は、聖女と魔窟《まくつ》に興味を持った。

調べているうちに、大きな謎を発見したという彼は、次第に聖女研究にのめり込んだ。

聖女に妙に詳しかったのは、研究中の息子から聞かされたという。

「ある程度成果をまとめ、それが認められれば正式に『聖女研究所』を立ち上げようと、そう言っていた矢先だ。突然何かから怯えるように部屋に閉じこもった」

クレイグは虚空を見上げた。

未だ騎士として現役の能力を持っているとは思えない弱々しい表情に、彼が一気に老けたように見えた。

「『何も見つけていない。俺はもうあの件からは手を引いた』――息子は何を言ってもそれだけを返し、部屋から出てこなかった」

クレイグの震える手が、アーヴィングの服の裾を掴んだ。厳《いか》めしい顔には苦渋が広がり、憎き相手のはずの彼を通して、誰かを見ている。

「ある日、何の物音もしなくなった部屋を開けると――息子は、机に突っ伏したまま冷たくなっていた。……ペンダント《それ》は息子の遺品だ。誰かに盗まれ絶望していたが、まさか君が持っていたとは……」

クレイグはそう言って、掠《かす》れた声で先を続けた。

部屋の中は荒らされていなかったが、聖女に関する資料だけが忽然《こつぜん》と消えていた。死の直前の態度を踏まえ、他殺であることは明らかだったという。

何者かが、息子の命を奪った。

しかしどれだけ調べても、犯人どころか何の手がかりも掴めなかった。

「私は……何もしてやれなかった。息子を守ってやることも、息子のために戦うことも。だから決めたんだ。今後、息子と同様に聖女を研究する者がいれば、全力で止めると」

クレイグは聖女の謎を追う者を徹底的に弾圧していた。

それは悪意から来るものではなく——クレイグなりの正義があってやったことだった。

真実は——逆なのだ。彼は聖女の謎を追う者を阻《はば》む番人ではなく、嫌われ役を演じることで危険から遠ざけ、守っていた。

「君の意志と覚悟の強さには私も負けたよ。本当に、立派になった」

「……」

その場にくずおれるクレイグ。鋭かったその目は憑《つ》き物が落ちたように力を失っていた。

——クレイグはもとより敵ではなかった。

むしろアーヴィングを守ろうとしていたのだ。

「もう邪魔はしない。必要であれば協力もしよう。王子である君にならば、相手も手出しできないかもしれない。だが、十二分に気を付けてくれ」

クレイグという強力な味方を得た。彼が認めたとなれば、聖女反対派は一気に掌《てのひら》を返すだろう。

これで聖女研究所は、晴れて行動を開始できる。

だというのに、アーヴィングの心は晴れなかった。

むしろ暗雲が立ちこめ、足元が崩落するかのような感覚がアーヴィングを襲った。

——クレイグは敵ではない。

その事実が、彼に焦燥をもたらしていた。

「待て。では、ルイーゼを襲った犯人は——」

クレイグが敵であると印象付けた相手。

そして、ルイーゼを襲った賊が窓から侵入したことを何故か知っていた相手。

「まさか……嘘だ、嘘だ」

考えられる人物は、一人しかいなかった。

分断された聖女

「さあ聖女様、こちらへ」

朝の祈りを済ませ、エリックとピア、アーヴィングを見送ったあと、ルイーゼは後をつけられないよう、業者を装った馬車の荷物に隠れてノーマイアの屋敷に移動した。

ルイーゼ自身はノーマイアと初対面だったものの、彼の柔和な雰囲気と面白おかしい話で早くも肩の力が抜けた。

ノーマイアの屋敷は貴族にしては簡素な作りだ——などと思ったのは入り口までだ。中に通された瞬間にルイーゼはその考えを改めた。

屋敷の中には地下に通じる長い階段があった。目算だが、底まで相当深い。

「随分と広いんですね」

貴族の家に地下室があることは珍しくないが、その多くはワインなどを保管する場所であり、それほど広くも深くもない。ルイーゼの言葉にノーマイアはにこやかに答えた。

「最初は単なるワインの保管庫だったのですが、すぐ近くに洞窟があることが分かりましてね。その場所も活用しようということで、規模を拡張しました。今では好きが高じて自身で作っております」

「へぇ……」

ルイーゼの進む地下階段の左右には、いくつもの樽《たる》が並べられていた。ほんのりとではあるが、酒の匂いが鼻腔をくすぐる。

地上よりも気温は低く、鼻を通る空気はやや冷たい。

クラリスの語っていたワインのうんちくを思い出し、ルイーゼは懐かしさに頬を緩めた。

「このくらいの温度が一番ワインにとっていいんですよね」

「仰《おっしゃ》る通りです。熟成がよく進みます」

肩越しに振り返り、ノーマイアは人なつこい笑みを浮かべた。

「聖女様はワインの知識をおもちで？」

「恥ずかしながら師匠の聞きかじりでして。私自身は疎《うと》いです」

酒好きだったクラリスのおかげか、飲まない割に知識はある。しかし聞いただけなので味がどうとかいう話になると途端に分からなくなる。

「それは残念です。まあ聖女様ともなると祈りやらでお忙しい身ですし、酒を嗜《たしな》む時間もあまりないでしょうな」

「あ、あはは……」

まさか先代は浴びるように飲んでました、とは口が裂けても言えずルイーゼは曖昧《あいまい》に微笑んだ。

いくつかある分かれ道をノーマイアは迷いなく進んでいく。ふと振り返ると、もうどこから来たのかも分からない。

（確かにこれなら安全ね）

たとえクレイグにこの場所がバレたとしても、この天然の迷宮が行く手を阻《はば》むだろう。追っ手が来たとしても捕まる前に相当な時間が稼げる。

「少しは飲めるようになっておきたいんですけどね」

「おお、それは生産者として嬉しい限りです」

スタングランド王国は風土の関係でワインの生産に適していないと言われている。生産者がゼロという訳ではないが、産業としてはあまり盛んではない。

「もし飲む機会があるなら進呈させて頂きますよ。精魂込めて作った一本を是非味わってください」

「ありがとうございます。お好きなんですね、ワイン」

「ええ。味、香り、色味、すべてが私を虜《とりこ》にしてくれます」

歩きながら、ノーマイアはずらりと並ぶ酒樽を手で撫でる。

壁や床にはところどころワインを零した跡が染みついていた。

「さあ、着きましたよ。こちらへどうぞ」

しばらく歩いたあと、ノーマイアは両開きの重そうな扉を開いた。

中は暗く、外からでは様子は見えない。

言われるがままルイーゼがその扉をくぐろうとした時だった。

「そうそう。もう一つ、ワインの好きなところがあるんです」

通り過ぎ様、ノーマイアは表情を崩さないまま告げた。

「いい具合に臭み消しができることです」

「——え？」

どん、と肩を押され、ルイーゼは前のめりの姿勢で地面に膝をついた。呆気に取られている間に扉が閉まり、部屋の中に取り残された。

中は光量の絞られた明かりが等間隔に設置され、視界は悪いが見えなくはない。

先程まで歩いていた廊下と同じように、地続きの壁や床には黒ずんだ染みがあった。

「あの、ノーマイア様？　どういうことですか？」

扉を叩くが、鉄製の扉はびくともしない。

「あなたは何も知らないままでいいんですよ」

「え……え？」

扉越しに、くぐもったノーマイアの声が届いた。

その声は先程談笑していた時と同様に愛嬌があり、優しいものだった。そのままの声で――彼は、彼が知らないはずのことを口にする。

「これまでは教主という飼い主があなたを上手く操っていたから、あえて手を出さなかった。しかし――首輪が外《はず》されたままの不完全な聖女は危険だ」

「どうして……教主のことを」

教主クロードがルイーゼを洗脳していたという事実は公にされておらず、限られた仲間しか知らない。

――なぜ、ノーマイアがそれを知っている？

ざり、と、土と石の床を踏みしめる音が反対側から鳴り、ルイーゼは思考を中断した。

振り返った先、やや開けた空間に一人の少女が見える。

「あなたは……メイデン？」

艶やかな黒髪と、ふわりとした赤と黒のドレス。それらと相反するように肌は病的なまでに白い。まさに深窓の令嬢を体現した幻想的な少女、メイデン。

彼女はこれまで出会ったどの時よりも鋭い視線をルイーゼに向けていた。

そして、メイデンの手に握られているものが見えた瞬間――ルイーゼは身体を強《こわ》ばらせた。

それは、鞭《むち》だった。通常なら革などで作られるそれは、等間隔に刃が取り付けられている。殺傷力の上がったそれは――処刑道具と呼ぶに相応《ふさわ》しい禍々《まがまが》しさを持っていた。

「では後は任せたぞ、メイデン」

「——はい、お父様」

「ち……ちょっと、待ちなさい！」

ルイーゼの抗議も虚しく、ノーマイアの足音は遠ざかっていった。

後に残ったのは黒い少女と白い聖女のみ。

メイデンは真一文字に結んだ唇を解き、初めて出会った時のようにスカートの端を僅かに上げ、目を伏せながら頭《こうべ》を垂れた。

「名前を覚えていて下さってありがとうございます。先日はお世話になりました」

——そして次に目を開いた時、彼女は別人になっていた。そう錯覚するほどの気迫が瞳に宿っている。

ルイーゼは知る由《よし》もないが、その気迫は冒険者などの間では『殺気』と呼ばれるものだ。

「早速ですが、死んで頂けますか」

「……何の冗談よ」

勝手に震えそうになる身体を抑え、ルイーゼは問い返した。

恐れが相手に伝わったのだろう、メイデンはすでに勝ち誇った目でルイーゼを笑う。

「そうですね。お父様は何も知らないままでいいと仰《おっしゃ》っていましたが……何が起きていたのか、何が起きているのか——知っておきたいですよね。それくらいは教えて差し上げないと可哀想ですね」

片手を腰に当てながら、メイデンが手を動かす度、刃のついた鞭《むち》が、じゃらり……と威嚇《いかく》音を奏でる。

「――あなたは本物の聖女じゃないのよ」

▼

メイデンの言葉はあまりにも突拍子のないものだった。

驚きという感情を置き去りにして、ルイーゼはその言葉の真意を模索する。

「……何。何を言っているの」

「聖女の使命。これを言えば、聡いあなたならお分かりでしょう？」

「……もしかして、祈らなかったこと？」

「ご名答。あなたには『祝福』がない。その時点で聖女として不完全なのよ」

祈りは、本来聖女の意志で止めることはできない。

重い病気に罹《かか》っても、手足が折れていても、時間が来れば必ず祈りを始めてしまう。

そのことを指してクラリスは皮肉を込めて『祝福』と呼んでいた。

ルイーゼは祈りを習慣化することでこれまでの聖女達と同じように祈り続けていたが――それはあくまで彼女の意志だ。祈りを止めることは、いつの時点でも可能だった。

思い当たる節はある。

聖女を継承する際のことだ。第二代聖女の叫びを夢で聞き、本来の時間の前に継承が終わってしまったこと。

そして前任であるクラリスが、ルイーゼが聖女の力を継承しても生きていたこと。

ルイーゼが継承の儀式をした時だけ、これまでにないことが起こりすぎていた。

メイデンが言う不完全とは、それを指しているのだろう。

「本物の聖女は祈る以外の選択肢はない。祈らない選択をした時点で、あなたは偽物なの」

小首を傾げながら、メイデンが告げる。

てっきり聖女反対派だからルイーゼを嫌っていたのかと思っていたが、どうやら違う。

あの敵意はルイーゼが真の聖女ではないことが理由だったようだ。

「私が本物ではないとして……どうして今まで放っておいたの？」

「さっきお父様が仰った通りよ。これまでは教主という首輪が付いていたから」

「――っ」

ノーマイアだけでなく、メイデンも教主のことを知っている。

ルイーゼの行動は彼らに筒抜けになっていたようだ。

「彼があなたをちゃぁんと管理してくれていたから、今日まで平穏無事にやって来られた。けどそれはもう失われてしまった――あの雲隠れ王子のせいでね」

アーヴィング。

彼が気付きを与えてくれなければ、ルイーゼは今も教主を信じていただろう。

何も疑問に思うことなく、ただ盲目に。

「この国は聖女の庇護下でしか存在できないわ。なのに聖女が自分の意志で祈りを止められるなんて、危なっかしいとは思わない？　そんな人に魔窟《まくつ》の封印は任せられない……お父様はそう仰《おっしゃ》っていたわ。だから――」

鞭《むち》で地面を一度薙《な》ぎ、メイデンは酷薄な笑みを浮かべた。

「あなたを殺して、聖女の役目は私が引き継ぎます」

「……私を殺したところで、あなたが聖女になれるとは限らないわ」

聖女は通常、継承の儀式を通じて次代に能力を引き継いでいく。しかし、不慮の事故で聖女が亡くなった場合、国内にいる適性者の中から次の聖女が生まれる。

それに作為的なものがあるかは分からないが、少なくとも人の意思で選べるものではないはずだ。

ルイーゼの反論にも、メイデンが余裕の表情を崩すことはなかった。

「いいえ。なれる」

「その自信の根拠は？」

「私も聖女候補だったの――あなたと同じく、ね」

「だった、でしょう？　今はもう違うわ」

過去に聖女候補だった者が、次に聖女が選ばれる時も候補者になるとは限らない。

「いいえ。私は正統な血筋をもつ聖女の末裔《まつえい》――適性が消えることはないわ」

「なんですって？」

血筋、という言葉にルイーゼは眉をひそめた。

聖女の適性に血筋は無関係――そのはずだ。

メイデンは、明らかにルイーゼよりも情報を持っている。

「メイデン。あなた、何を知っているの？」

「……」

しかしその質問に、もう彼女は答えてくれなかった。

僅かな逡巡《しゅんじゅん》の後、鞭《むち》を振りかざし、それをルイーゼに向けて振るう。

「覚悟なさい偽物。あなたが奪った力をあるべき場所に戻す。私こそが本物の聖女よ！」

「――！」

反射的にしゃがんでそれを回避するが、避けられたのは偶然だ。

ミランダに教わった中に、あんな鞭《むち》を持つ者を制する方法はない。

急激に心拍数の上がる心臓を押さえ、ルイーゼは勝手に動きそうになる全身を律する。

（お……落ち着きなさい、私！　冷静に周囲を見れば活路は絶対にあるはずよ）

ここで殺される訳にはいかない。

「偽物のあなたが聖女になり、苦節七年……ようやく私はお父様に認めて頂けるの」

不気味な笑い声を上げるメイデンとの会話を諦め、ルイーゼは生き残ることだけに全神経を集中させる。

「ふふ。いつまで避けられるかしら？」

メイデンは続けざまに二度、三度とルイーゼに襲いかかる。

通常の鞭《むち》であれば当たったところで致命傷にはならない。しかしメイデンの武器は違う。ひとたび当たれば刃が巻き付き、皮膚がズタズタに裂けてしまうだろう。

——とにかく相手と周りを観察しな。そうしなけりゃ逃げるか戦うかも選べなくなるからね。

必死にミランダの教えを思い出しながら、ルイーゼはもう一度、室内を見渡した。

走り回れる程度の空間に、剥き出しの岩肌。等間隔にランタンが設置されており、地下にしてはそこそこ視認性がある。メイデンの後方に出口はなく、袋小路だ。

壁や地面の至る所に獣が引っ掻《か》いたような傷と、黒ずんだ跡が見える。

道中にも同じような染みはあった。ルイーゼはずっとワインの染みだと思っていたが……もしかしたら、別の液体なのかもしれない。

ここはさながら、小さな処刑場だ。そう仮定すると、獲物を逃がさないために中から扉を開けられない可能性が高い。

部屋に遮蔽物はない。走り回っていればそう簡単に鞭《むち》が当たることはない。

しかし鞭《むち》の攻撃範囲の広さを考えれば、動かないメイデンと、走り回ることになるルイーゼ、どちらの体力が先に尽きるかは明白だ。

(体力のあるうちにメイデンを止めないと！)

ルイーゼは戦わずにこの場を切り抜けることは不可能だと結論づけた。

無意識にメイデンから遠ざかろうとする自分を抑え、彼女の方へ駆け出す。

しかし、ルイーゼの接近に気付いたメイデンが、手首を使って鞭《むち》を内側に引き寄せる。

「――っ」

「ひぃ⁉」

ルイーゼは床へ倒れ込むようにしてそれをやり過ごす。

危機回避も束の間、顔を上げると、ちょうど鞭《むち》を大上段に振り上げるメイデンと視線がかち合った。

「！」

地面に掌《てのひら》をぶつけるようにして、反動で横に転がる。

半秒遅れて、ルイーゼが今まで寝そべっていた地面が大きく抉《えぐ》れた。

「あら。思ったよりすばしっこいじゃない……」

「日々の訓練の賜物《たまもの》――というより、よい師に巡り合えたおかげね」

ここまで動けていることに、ルイーゼ自身も驚いていた。

ミランダから基礎訓練を受け始めたのは二ヶ月ほど前。そして護身術に関してはまだ二週間しか経っていない。

ほんの少しだが、ルイーゼは前進できていたようだ。

それがいま、成果となって表れている。

「人との出会いに恵まれているの、私」

教主クロードにずっと洗脳されていた奴が何を言っているのか――自分でも笑ってしまうような大嘘だ。

しかしルイーゼは断言する。

変えられない過去ではなく、変えられる未来を思い描きながら。

するとメイデンの表情が一気に変わった。

「……どうして、あなたばかり！」

（私ばかり……？）

今の発言の何かが気に障《さわ》ったのか、メイデンがうめく。

質問しようとするが、再び鞭《むち》が飛んでくる。しかし先ほどに比べて攻撃が大振りになり、幾分か避けやすくなっている。冷静さを欠き始めているのだろうか。

挑発が相手に効けば、かなり有利に戦闘を進められる。ここぞとばかりにルイーゼは口を開いた。

「そんな顔しないで。可愛い顔が台無しよ」

「減らず口を！」

二度、三度と鞭《むち》を振るうが、それらはどれもルイーゼを捉えることなく壁や床に新たな傷跡を付けるだけに終わった。

当たれば恐ろしい攻撃だが、もう当たる気はしなかった。ルイーゼの埋もれていた戦いの才能が覚醒した——などということはない。

素人目にも分かるほど、メイデンは鞭《むち》の扱いに慣れていないのだ。

そう思ってよく観察すると、彼女の体格に全く合っていないことが分かった。あの鞭《むち》がどの程度の重量物なのかは分からないが、彼女の肩ではそう何度も振るえる物ではないのだろう。

振り抜いた後も、重みに引っ張られてよろけるような仕草をしていた。

だとすれば、床や天井にもともとあった傷は、彼女が付けたものではない。

順当に考えれば、メイデンより身長も腕力もあるノーマイアがここと鞭《むち》を本来使用していたのではないか。

壁や床に付着した黒染み。ここに来る道中で見たものと同じ色だ。

――もはやあれをワインの色だと信じることはできない。ノーマイアはワイン製造所を装い、人間を弄《もてあそ》ぶように殺していたのだろう。

酒の匂いで鼻が利《き》かなくなっているが、もしこれがなかったら気分が悪くなっていたかもしれない。

優しげに見えていたノーマイアの裏の顔が垣間見えて、ルイーゼは顔をしかめた。

その間も、メイデンの鞭《むち》がルイーゼの横を通り過ぎていく。

「ちょこまかと……いい加減諦めなさい！　もうどこにも逃げ場はないのよ！」

「諦めが悪いのが私のいいところなの。それより、そっちはもう息切れしてるわね」

「う、うるさい！」

メイデンが甲高い声で叫ぶ。

大きく肩を上下させ、右手で持っていた鞭《むち》をさりげなく左手に持ち替えている。

体格に合わない武器に疲れていることが目に見えた。

（チャンスよ）

ここでメイデンをさらに挑発すれば、空振りを誘発できるかもしれない。

あの武器さえ手放させることができれば――勝機はある。

「そんなヘナチョコ体力じゃ、聖女になんて到底なれないわよ」

「……黙りなさい」

実際には体力が全くなくても祈りは問題なく行える。負荷で自分が苦しむというだけだ。

過去の自分を棚に上げつつ、ルイーゼは努めて嫌味な声を出す。

「偽物の私に諭されているようじゃ、真の聖女なんて務まるわけがないじゃない」

「黙りなさい！」

「今のあなたより酷い状態になっても祈らなければならないわ」

過去、クロードの支配下にいたルイーゼはもちろん熱があっても祈っていた。食事も喉を通らず、幻覚と目眩で一日中起き上がることもできない。そんな状態でも祈らなければならない。誰も、聖女の代役はできないからだ。

「その覚悟はある？　聖女の肩書きはそんな鞭《むち》と比べものにならないほど重いのよ」

「黙れって言っているのが聞こえないの!?」

「黙らないわ」

メイデンの言う通り、聖女の継承を完全に済ませていないルイーゼは偽物かもしれない。

しかしこと聖女に関してルイーゼには自負がある。

伊達に七年間も祈り続けていない。

少し聖女のことに詳しいだけの小娘がなんと言おうと、ルイーゼが国を七年間守ってきた事実が揺らぐことは決してない。

「偽物の分際で……私はあなたを聖女と認めないわ！」

「あなたに認めてもらう必要なんてない。誰がなんと言おうと、私が聖女よ」

「――！　黙れ黙れ黙れ黙れ黙れ黙れ黙れ、黙れぇえええええええええええ！」

激高したメイデンが、大きく鞭《むち》を振り上げた。

（――今よ！）

ルイーゼはタイミングを合わせ、前に駆け出す。

メイデンはルイーゼの動きよりも早く鞭《むち》を振るおうと、腕に力を込める。

「えい！」

「!?」

ルイーゼは、手の中にあった小石をメイデンの顔に投げつける。

倒れた時になんとなく拾ったもので、これを見越して――という訳ではない。単なる偶然だ。

反射的にそれを避けるメイデン。

体勢を大きく崩したことで鞭《むち》は誰も居ない空間を虚しく引っ掻《か》いた。

視線は外《はず》れ、武器は空振り――隙だらけだ。

「てやぁ！」

「痛ッ!?」

ルイーゼは走る勢いそのまま、メイデンの上にのしかかる。倒れた衝撃で鞭《むち》が彼女の手を離れ、部屋の隅に飛んでいく。

さすがに馬乗りの状態ではどうすることもできまい。

(勝った!)

ルイーゼがメイデンの手を押さえつけようとしたその瞬間——彼女の手が、ルイーゼの胸ぐらを掴んだ。

驚くほどの力で引き寄せられる。

「うぎ!?」

顎に衝撃を喰らい、ルイーゼの目の前が明滅する。

頭突きを喰らったと気付いた時にはもう体勢が入れ替わり、メイデンに組み敷かれる形になっていた。

「……つく」

「え?」

返事と共に振り下ろされた掌《てのひら》に、ルイーゼの瞼《まぶた》の裏に再び星が瞬《またた》いた。

「むかつくのよあんた! どれだけ恵まれれば気が済むの!」

そのまま二度、三度とメイデンはルイーゼを叩いた。

「偽物の分際で地位も名誉も欲しいままにして……! この七年間、私がどんな気持ちでいたか、あんたに分かる!?」

「つぐ……！」

「次代の聖女として育てられた私が、聖女になれなかったのよ⁉　どれだけお父様を失望させてしまったか、分かる⁉」

大成しろ。良家に嫁げ。

親が子供に対し期待を寄せることはよくあることだ。貴族ならそれが当たり前であり、全く期待されなかったルイーゼの方が異端と言える。

しかし期待と重圧は表裏一体。期待に応《こた》えられなかった者の末路は——語るまでもないだろう。

「あんたが聖女になったあの日から私は生きる意味を失った！　誰も私を見なくなった！」

「……メイデン」

いつの間にか、ルイーゼを叩く手は止まっていた。

呪詛《じゅそ》を吐き散らす彼女の瞳から、涙がこぼれ落ちる。

「本当はこんなこと……したくない。人を傷付ける……ましてや、こ、殺すなんて……！　でもお父様はこの時だけは私を見てくれた！」

声も、手も、よく見れば震えている。

武器の扱いも、素人のルイーゼから見ても危うかった。育ちのいい令嬢のことを『スプーンより重い物を持ったことがない』などと表現するが、メイデンは本当にそうやって育てられたのかもしれない。

——なのに、彼女の父であるノーマイアはメイデンに人を殺《あや》めることを強いた。

（メイデン。あなたは……）

ルイーゼは呆然とメイデンを見つめた。

彼女は、自分と同じだ。

親に期待されたか、全くされなかったか、という違いはあるが、ルイーゼはメイデンにとても近しいものを感じた。

彼女は聖女を憎んでいるかもしれないが、根は優しい。

いつだったか、メイデンをそう評した自分は間違っていなかった。

だからこそ。

（メイデン。あなたを止めなくちゃいけない）

「聖女にならなければ、私は生きている意味がないの！　お父様に喜んで頂くためには——こうするしかッ!?」

「さんざん叩いてくれたわね。お返しよ」

僅かな隙をつき、ルイーゼの手がメイデンの頬を張る。

メイデンがそうしたように体勢を入れ替え、ルイーゼは続けざまに掌《てのひら》を振り下ろす。

パン、と小気味よい音が処刑場に響いた。

「不幸自慢も大概にして」

「な……！　何よ、何よ何よ！　聖女の名声を欲しいままにして、その上いい仲間にも恵まれて……神様は不公平よ！　ひとつくらい、ひとつくらい私がもらってもいいじゃない！」

メイデンの境遇には同情を禁じ得ないが、だからといってルイーゼが大人しくする道理はない。

不幸であることが誰かの物を奪っていい免罪符となるのなら、国の秩序は崩壊する。

「私を殺して聖女になったとして――ロイは喜ぶの？」

「ッ」

ロイの名を出した瞬間、メイデンは殺意を霧散させ、あからさまに狼狽《ろうばい》した。

どういう関係かは知らないが、彼女はあの小間使いの少年を憎からず思っている。

でなければ憎きルイーゼに治療を頼んだりしないし、ここまで執着している父の目を盗んで教会まで来る危険を冒すはずがない。

「もう一度よく考えて。聖女になって、あなたのお父上以外の誰が喜ぶと言うの？」

「……！　じゃあ……じゃあ、私はどうすればいいのよ！」

「い……!?」

ルイーゼの髪を引っ張るメイデン。再び頭突きを喰らい、ルイーゼは後ろによろけた。

その隙を見計らい、三度《みたび》メイデンはルイーゼと身体の位置を入れ替えた。

（ぼ……防御を！）

掌《てのひら》を振り上げるメイデンを見て、反射的にルイーゼは両腕を交差させようとしたが――彼女の両足に押さえ付けられ、腕を上げられない。

「あぐ!?」

盛大に頬を張られ、乾いた音が部屋にこだました。

右、左、右、左、右、左……。されるがまま、叩かれ続ける。

翠玉《すいぎょく》を思わせる瞳に怒りの炎を燃やす反面、とめどなく溢れる涙がそれをぼやけさせていた。

ルイーゼに向いていた殺気が緩み、霧散していく。

「……ロイは絶対に喜ばない。こんなことをして聖女になったと知ったら……きっと、私を軽蔑するわ」

ルイーゼの頬を張る手からどんどん力が抜けていき……やがて、止まった。

「でも、私は……お父様の期待に応《こた》えなくちゃいけない」

二律背反《にりつはいはん》の思いに、メイデンの心は二つに分かれようとしていた。

誰も傷付けたくないと願う心優しいメイデンと、聖女を憎み父の期待に応《こた》えるためならなんでもやろうとするメイデンに。

——彼女は、被害者だ。

今ならまだ、引き返せる。

「メイデン。私の話を——」

機を見て、ルイーゼは静かに声をかける。

「メイデン。いつまでかかっている？」

しかし扉が開く重たい音とともに、驚くほど冷たい声が処刑場にこだました。

「お、お父様……！」

これまでにないほどはっきりと、メイデンが怯えた表情を見せる。

姿を現したノーマイアは、鷹《たか》を思わせる鋭い瞳でメイデンを射貫いた。

愛嬌たっぷりだった姿は見る影もない。壁際に落ちた鞭《むち》を拾い上げる姿はとても手なれていて、所有者が誰なのかを言外に教えてくれた。

父を見る娘の怯えた目と、娘を見る父の冷たい目――どちらも、ルイーゼの目には異常に見えた。

「たかが小娘一人に苦戦するとは、やはりお前は役に立たんな」

「も……申し訳ありません」

「聞いていたぞ、しかも『本当はこんなことしたくない』だと？　お前はいつもそうだ。聖女になることもできず、男を籠絡《ろうらく》し良縁を持ってくることもできない。父の役に立ちたいと言っていた言葉は嘘だったのか？」

「嘘ではありません！　私はお父様のために――」

「だったら、することは分かっているだろう？」

メイデンを手招きし、ノーマイアは震える彼女の手に鞭《むち》を握らせた。

「さっさとルイーゼを殺せ。お前の手でやらなければ聖女の力は継承できんぞ」

「は……はい」

じゃらり、と地面を擦る鞭《むち》の刃。

ほんの数分前は威嚇《いかく》音に聞こえたそれが、今は怯えている音に聞こえた。

「……とんだクソ野郎がいたものね。娘をなんだと思っているの」

「ほっ。お褒《ほ》めに与《あずか》り光栄だ」

よろめきながら起き上がるルイーゼに、ノーマイアは大きな腹を揺らす。

「あなたは何者なの？　どうして聖女にそこまで詳しいの。聖女の何を知っているの」

「人形は何も知らなくていい。いや——誰も、聖女の秘密に触れることはまかりならん」

ノーマイアの声も表情も、まるで別人だ。これが本来の彼の姿というのなら、教主クロードを越える演技力の持ち主だ。

「簡単に殺されなんてするもんですか」

「その状態でも強気な態度を崩さんとは。さすがはあの女の後継者といったところか」

「……!?　クラリスさんを知っているの」

「当然。彼女は聖女と思えぬほど粗暴だったが……我々の存在に感付いていながら知らぬ存ぜぬを通し、誰にも他言しないまま逝《い》った。その点だけは評価しているよ——しかし」

思い出し笑いをするように、ノーマイアは再び腹を揺する。

「頭は悪かったな」

「——は？」

「あの女は先々代——実の姉に継承の儀式をさせるという愚行を犯した。馬鹿にも程がある」

——頭の中が、真っ白になる。

たった一つの感情がルイーゼの諸々の疑問をすべて塗りつぶす。

皮膚に爪が食い込み、奥歯が軋《きし》む音が頭蓋の中に響く。

その感情とは——純粋なる怒りだ。

「第八代聖女メリッサはあの女が殺したようなものだ。まだまだ使えたものを……なんと勿体ない」

「黙りなさい。あなたがそれ以上、クラリスさんを語らないで」

「ふん。気迫だけは一丁前だな。この状況でまだ大口を叩く根性だけは認めよう……おい、何をしている」

メイデンは完全にルイーゼの威圧に呑まれていたが、ノーマイアの言葉で我に返る。

「も……申し訳ありません、お父様」

「本来ならもう、お前は娘ですらないのだぞ。使い道のないお前をここまで育ててやったのは誰だか分かっているのか？」

「はい、ご慈悲に感謝しております」

「だったらそれを態度で示せ」

「はい……ただち、に……」

その言葉に反し、メイデンの手は小刻みに震えたまま動かない。

ノーマイアは動かないメイデンをしばし眺めていたが……やがて思い出したように、唇で半月を形作った。

「……そういえば最近、小間使いのガキをやけに可愛がっているな。確か、ロイと言ったか」

「……！」

「私に隠れて治療院まで連れて行ったそうじゃないか」

「ど……どうして、それを」

「娘を心配しない父などおるまい。当然、行動はすべて把握している」

メイデンの肩を叩くノーマイア。

言葉とは裏腹に、優しく子を見守る父の顔はどこにもなかった。

硬直する彼女の耳元に口を寄せ、囁く。

「しかし悪いガキだ。可愛い我が娘を誑《たぶら》かすとは。これは――仕置きが必要だな」

周囲を見渡し、ノーマイアは手近な壁に目を向ける。

「あそこの壁は染みが少ないな。あの部分にガキの血をたっぷり含ませてやろう」

「あ――あれは私が勝手にやったことです！　ロイは関係ありません！　罰なら私が受けます！」

「だったらさっさとルイーゼを殺せ。できないならあのガキを――」

「やります！　やりますからぁ！」

メイデンは降ろしかけていた鞭《むち》を振り上げた。

その顔には焦燥が表れ――そして、目からは涙が流れていた。

「伯爵……！　あなた、人間じゃないわ」

「その言葉、そっくり返してやるぞ。人形」

眉をひそめるルイーゼに、ノーマイアは嘲笑を返した。

「メイデン、退《ど》いて。そこのクソ野郎に張り手をお見舞いするから」

「う……そうはさせないわ。あ、あなたを殺して――」

「退《ど》きなさい！」

「……っ、ど、退《ど》かない！」

ルイーゼに負けない声量で、メイデンが叫んだ。

「あなたを殺して聖女になって、私は今度こそお父様に認めてもらう！　でないと――ロイが殺される！」

メイデンの瞳の奥にある焦燥には、ルイーゼも覚えがあった。

彼女は、かつての自分だ。

家族に認めてほしい――認められるためなら、手段を問わない。

七年前のあの日やって来たのがクラリスだったから、家族が認めてくれる方法が聖女になることだったから、ルイーゼは聖女になった。

例えば、人を殺せば家族が褒《ほ》めてくれると誰かにそそのかされていたら……ルイーゼは喜んで人殺しになっていたかもしれない。

「そんなことはさせない。ノーマイアは私が必ず止める。だから、そこを退《ど》いて」

「う、ううううぅうぅううぅ！」

メイデンはただ、ノーマイアに認められたいだけだ。

愛情を求める心を利用されているだけ。

家族の愛が欠乏すれば人は自分を見失ってしまうことを、ルイーゼはよく知っていた。

ルイーゼは崖《がけ》から落ちる前に救われた。

だが、メイデンは……今も崖《がけ》の下で救われないままでいる。

メイデンは震える手を鞭《むち》から離さない。しかし、まだルイーゼの声は届いている。

(もうひと押し……！)

ルイーゼが再度口を開こうとしたその時、邪悪な声が割って入った。

「ほっ。そうかそうか、お前は尊敬する父よりもそんな小娘の言うことを聞くのか。仕方ない、あのガキを連れて来るとしよう」

「あ──あああああああああああぁあああああああああああ！」

迷いを断ち切り、メイデンは鞭《むち》を振るう。

ルイーゼはついに判断を迫られた。

彼女と戦っている時間はない。ノーマイアを止めなければ、ロイに危害が及ぶ。

最短で倒すには──メイデンやノーマイアが想像できない方法で、武器を奪い取るしかない。

(……片腕でも祈れるかな)

ルイーゼの取った方法は──鞭《むち》を左腕に絡《から》ませ、しっかりと掴むことだった。

鋭い刃は法衣を斬り裂き、いとも容易くルイーゼの肌を食い破った。流れる血が鞭《むち》を伝って床に滴《したた》り落ちる。

「な……じ、自分から!?」

(痛くない痛くない痛くない痛くない)

自分を誤魔化しながらさらに強く鞭《むち》を掴み──引き寄せる。

鞭《むち》がピンと張り詰め、持ち手であるメイデンを前方によろめかせた。

「あ――」

「ごめんね」

メイデンが自分の意思で退くことを選べば、ノーマイアがまた何を言い出すか分からない。

ノーマイアの言葉の刃か、ルイーゼの掌《てのひら》か――どちらのほうが痛いかは明白だ。

だからルイーゼは、痛くない方を彼女の頬にお見舞いした。

「あぐっ⁉」

弾かれるようにメイデンは地面に倒れ、そのはずみで鞭《むち》を手放した。

腕に絡《から》みついたそれを引き剥《は》がすと、流れる血の量が増える。

足元に鞭《むち》を落とし、メイデンに宣言する。

「もう止めなさい。あなたでは私に勝てないわ」

「……う、ぐ……！」

うずくまった体勢のメイデンがこちらを見上げた。

ルイーゼはできるだけ安心させるよう、にこりと微笑む。

「大丈夫、私は敵じゃない。任せて」

「ううう……ううううう……！」

メイデンはその場に崩れ落ち、泣き続けた。

「……あとはあなたよ、ノーマイア・キンバリー伯爵」

ノーマイアはルイーゼの言葉に動じることはなく、大きく嘆息した。

「失望したぞ、メイデン」

「お、お父様……わ、わた、私は……」

手を伸ばすメイデンを拒絶するように、彼は背を向けて手を振った。

「お前は『もういい』。聖女の代わりは他を探す」

「……ぁ」

メイデンの目が見開かれ、端から涙が零れる。

その姿に、ルイーゼは在《あ》りし日の自分と彼女を重ねた。

——ルイーゼ。お前はいいんだ。

文字にすればたった数文字。しかし、人を壊すには十分すぎるほど強い言葉。

父の、母の、兄の、姉の言葉と同じだ。

何もするな。

もういい。

すぐに止めろ。

だからなんだ？

それがどうした。

何をしても彼らがルイーゼに目を向けてくれることはなかった。

どうすれば笑顔を向けてくれる？

どうすれば頭を撫でてくれる？

どうすれば抱きしめてくれる？

暗に存在を否定され続けた者は、愛情を欲する飢えた獣になる。

愛情をエサにすれば――人は、なんだってやる。

そのことをルイーゼは身をもって知っている。

「伯爵……あなたを許さないわ」

「おお怖い。戦いぶりといい、やはり聖女とはとても言えないな」

ノーマイアはおどけるように身を震わせ、壁の一部に手を触れた。

そこになんらかの仕掛けがあったのだろう。ルイーゼがいくら押しても頑として開かなかった扉が、音を立てて口を開ける。

「待ちなさい！」

一歩踏み出した足が床を蹴り損ね、ルイーゼは膝をついた。強い目眩を覚え、視界が定まらない。

体内を何かが巡る感覚に吐き気を催す。

その理由が分からず瞠目するルイーゼに、ノーマイアが勝ち誇った声を上げた。

「あの刃には毒を塗ってあってな。安心しろ、ほんの数分痺《しび》れる程度の弱いものだ」

大した効果ではないと言うが、この状況において数分はあまりに長い。

「急いで候補者を探し、お前を殺してもらわねばならん。役立《メイ》たず《デン》の処分はその後だ」

なおもメイデンに冷たい言葉を浴びせるノーマイア。

あの顔になんとしても掌《てのひら》を見舞ってやりたいが、痺《しび》れが止まらない。

(動け私！　立ち上がりなさい！)

意識だけは臨戦態勢だが、身体がそれについてこない。悠々と処刑場を出るノーマイアの後ろ姿を、歯を食い縛って見送ることしかできない。

その時。

扉の先に、誰かの姿が見えた。

ノーマイアに比べると遙かに高い上背《うわぜい》と、飾り気のない軽鎧に身を包んだ男。

基本的に無表情であることがほとんどだが、今の彼の表情は怒りと——そして、僅かな哀しみを湛《たた》えていた。

聖女の騎士、アーヴィング。

彼を見るなり、ノーマイアが目を見開く。

「な、なぜお前がここに⁉　この道を迷いなく進めるはずが——」

言い終わる前に、アーヴィングは拳を振り抜いていた。

ノーマイアの顔面が数センチ凹み、百キロはゆうにありそうな彼の身体が勢いよく床を滑る。

「……よくも騙《だま》してくれたな」

「ルイーゼ！」

アーヴィングは血を流すルイーゼの姿を見るなり、表情を歪めた。

「アーヴ……来てくれ、たのね」

「すまない……俺の、俺のせいで」

「私のことは後でいいわ。それより、伯爵を」

手当てをしようとするアーヴィングを制し、マントにしがみつく形で立ち上がる。

メイデンをちらりと見ると、彼女は尻餅をつき、力なく項垂《うなだ》れていた。もうそちらに気を配る必要はないだろう。

ノーマイアに視線を戻すと、彼は流れる鼻血を片手で押さえながら、手近な壁に手をついていた。

「ぐぶ……どうやって、ここまで辿り着いた」

処刑場までの道程は案内なしでは来られないほど複雑だった。迷宮ほどではないが、闇雲に進んでこれほど早く辿り着けるはずがない。ノーマイアの疑問に、アーヴィングは侮蔑の感情を隠さないまま答えた。

「風の魔法を流せば道がどう繋がっているか分かる。俺にあんな子供だましの分岐路が通用すると思うな」

「クレイグはどうした」

「決闘ののち、和解した。やはりあなたが黒幕だったのか、ノーマイア・キンバリー伯爵」

アーヴィングは、幼い頃、良くしてもらったとしきりに語っていた。

彼だけは裏切らない——そんな人物が、まさに自分を陥れていた。

教主クロードに騙《だま》されていたルイーゼだからこそ、彼の複雑な胸中は痛いほど分かった。

「ノーマイア殿。なぜこんなことを」

「そいつは偽の聖女だ。聖女の力を盗み出した大罪人だ」

「偽の聖女？　どういうことだ」

「継承の儀式が不完全だった。祈りを自分の気分でやめられるなど、本物の聖女ではない」

ルイーゼは、継承の儀式を中断したまま聖女の力を受け継いだ。

クラリスとルイーゼが同時に存在できた理由は、ルイーゼが聖女ではなかったからだとノーマイアは告げる。

「聖女は常に一人。それが定められたルールであり絶対の法だ。それが破られる可能性ができた今、第十代聖女を生かしておく理由はない。適性を持つメイデンが聖女を殺せば、聖女の力はメイデンに移る」

教主クロード。彼がルイーゼの思考力を奪い、祈りを強制していたからこそ、ノーマイアは今までルイーゼを見逃していたという。

しかしルイーゼの洗脳が完璧ではないことが証明された。

ゆえにルイーゼを殺し、メイデンを新たな聖女にする。

適性を持つ者が聖女を殺すことで力が移動する。

にわかには信じられないが、それを疑っていては話が進まない。

「ひとつ聞きたい。ルイーゼが聖女ではないというなら、彼女の寿命は」

「力を盗み出した、と言っただろう。聖女の力を使っている以上、対価として寿命は失っている」

聖女の力は強大だ。

本来は祈りを強制され、行動に制限を受けるからこそ、魔窟《まくつ》を封じるという強大な力を行使できる。

だがルイーゼは聖女の力を持ちながら制限を受けていない。

「強力な力には制約が必要だ。首輪を失ったルイーゼは存在自体が危険なのだ」

ノーマイアは高らかに叫ぶ。

「欠けた歯車はやがてすべてに支障を及ぼす。私はそれを危惧し、聖女という部品を取り替えようとしているだけだ」

「……ルイーゼが歯車、だと？」

「その程度のことでいちいち怒るな。昔のお前はもっと冷静だったはずだぞ」

ノーマイアが血の付いた手で壁に触れると、処刑場全体が地響きを上げて崩れ始めた。

「疑似魔法⁉」

「この場を支える重要な箇所にゴーレムの素材を配置してあった。いま、それを動かした――後はどうなるか分かるな？」

ノーマイアは一目散に出口へ駆け出した。

「待て！」

「お前が悪いんだぞアーヴィング。お前が聖女に執着しなければ、私は気のいいおじさんを演じていられたんだ」

すぐにノーマイアの姿が見えなくなり、嘲《あざけ》るような声だけが響いた。

「くそ……！」

追いかけなければならないが、ルイーゼを助けなければ。アーヴィングは二の足を踏んだ。

「あいつは後回しだ。俺たちも先に脱出……ルイーゼ、どこに行く!?」

「アーヴは伯爵を追って！」

ルイーゼは痺《しび》れの残る身体に鞭《むち》を打ち、出口とは反対方向に駆け出していた。

天井が崩れ始めても呆然と座り込んだままのメイデンの手を引っ張る。

「なにやってるの、早く逃げないと！」

「……もう、いい」

力なくそう告げ、メイデンは首を横に振った。

『もういい』じゃないのよ！　立って！　歩きなさい！」

動かないメイデンを強く引っ張ると、同時に大きな揺れが部屋を襲った。

天井が崩れ落ち、ルイーゼは咄嗟《とっさ》に部屋の奥にできた窪《くぼ》みの中にメイデンと共に逃げ込んだ。

崩落で完全に部屋が分断され、アーヴィングの姿が見えなくなる。

「ルイーゼえええ！」

「私は大丈夫！　それより伯爵を！」

崩れた壁の一角に空いた窪《くぼ》みは作られたものではなく、ノーマイアの疑似魔法の影響を受けていないようだ。狭苦しいが、ここにいれば潰される心配はない。

アーヴィングに向かって叫ぶ。

「ここで逃がしたらもう捕まえられないかもしれない！　お願い！」

「……！　すぐに戻ってくる！」

覚悟を決めた声で、アーヴィングが叫んだ。

▼

ルイーゼは逃げ込んだ窪《くぼ》みを、メイデンの手を引いたまま進んだ。

このまま地上に抜けられるだろうかと淡い期待をしたが、行き着いた先は出口のない袋小路のような小部屋だった。

ルイーゼの歩幅で十歩も歩かないうちに部屋の反対側に着くほどの小さな部屋だ。扉は塞がれていて、ルイーゼたちが使った道以外の穴もない。

地下数メートルに位置する場所のはずだが呼吸は問題なく行え、明るくはないが天井が淡く発光して視界を最低限確保できているのが不幸中の幸いだ。

「さて、見事に脱出不可能になったわね」

左手の感覚はようやく戻りつつある。ルイーゼは自らの法衣を破いて血まみれの左腕にきつく巻き付けた。不格好だが止血のためだ。

「……」

メイデンは無言のまま、何も喋らない。

かれこれ数時間、部屋の角で膝を抱えてうずくまっている。

「ここも伯爵が建てたのかな……あ、でも壁の崩落でここに通じる道ができていたわね」

「……」

壁の材質も、処刑場とは違っている。

おそらくこの部屋は、ノーマイアが建設する以前からここにあったものだろう。

彼がいつここを見つけたのかは分からないが、それ以前となると――何十年も前から、この部屋は存在しているのかもしれない。

「誰がなんのために作った部屋なんだろ……まあ、おかげで助かったわ」

「……」

「隣、座っていい？」

「……」

「よいしょっと」

無言を許可が出たと受け止め、メイデンの隣に腰を下ろすと――彼女は、小さく抗議の声を上げる。

「……座っていいなんて言ってないわよ」

「でも、ダメとも言わなかったわよね？」

「他にも座るところはあるでしょう」

「私、部屋の角が好きなの」

壁が近くにあると安心感を覚える。

そして、部屋の角は二つの壁に接するため、ルイーゼが最高に安心できる場所だ。

「心配しないで。アーヴがすぐ助けに来てくれるから」

「……いいわよね、あなたはたくさんの人に囲まれて」

ようやく、メイデンは話をするようになった。ぽつぽつと、自分のことを語り始める。

「私の家は特別な役割を担《にな》う一族なの。男子は聖女の秘密を守り、女子は聖女となることを義務づけられている」

「あなた、聖女の末裔《まつえい》……とか言っていたわね」

「ええ。第二代聖女アイリス・キンバリー様の直系の子孫よ。我が一族の使命は、聖女の謎を追う者を排除すること」

「どうしてそんなことを？」

「私は理由まで知らないわ。すべてを知っているのは当主であるお父様だけ」

伝承の通り聖女が神の御使いであるのなら――秘密を探られて困ることはないはずだ。

聖女の謎を追う者を排除する。わざわざそんなことをする理由は――

（この力を調べられると困る人がいる……ってこと？）

それが誰なのかまでは分からないが。

いろいろとルイーゼが推測している間も、メイデンの話は続く。

「私はかなり甘やかされて育てられたわ。それこそ、目の中に入れても痛くないほどに。お母様は私を産んですぐに亡くなったけれど、全然寂しくなかった」

「ええ？」

メイデンに対し冷酷に接していたノーマイアが、彼女を溺愛していた……？

とてもではないが想像できない。

「キンバリー家は女子が生まれにくい家系なの。私より前に生まれたのは第二代聖女のアイリス様だけ」

貴族社会は男子優勢だ。ルイーゼの実家でも、兄は優遇されていた。

家を継ぐ権利が男にしかない以上、女はあまり歓迎されないというのはどこにでもある話だが……メイデンの家は逆だったようだ。

「私が生まれたタイミング、聖女が不要と叫ばれている当時の状況。すべてが好都合だった」

メイデンが新たな聖女となり、もし落ちぶれた聖女の地位を再び向上させたとなれば、喝采《かっさい》を浴びることは必至。

聖女の謎を握りこの国を裏から支配するノーマイア。

聖女の力を使い表から賞賛されるメイデン。

表と裏、すべてが二人の思うままとなる……はずだった。

「あとは第九代聖女が寿命を迎え、声がかかるのを待つだけ。時期はさすがにお父様も予測できなかったけど」

聖女候補は一人ではない。聖女の死を予見すると、神官が国内を巡り聖女の適性がある女性を探してくる。その中で自分が聖女になると宣言した者に継承の儀式を施す。

聖女不要説が浸透する中、自らなりたいと名乗り出る者などいるはずがない——そうノーマイアは高をくくっていたらしい。

「けど、すべてが台無しになったわ。あなたが先に名乗りを上げたことで」

メイデンの言葉に、ルイーゼは眉根を寄せた。

クラリスは聖女になることの辛さを前もって伝えていた。しかしルイーゼはそれを受け入れ、聖女になることを望んだ。

「待って。聖女の適性があることが分かっていたなら、なぜ早く言い出さなかったの」

「確かに私には適性があったけれど、それはお父様が確認したものだからよ」

「伯爵は聖女の適性を判別できるってこと？」

「ええ、私は詳しいやり方を知らないけれど、そう仰《おっしゃ》っていたわ。だから教会が回ってくるまでそのことを言い出すわけにはいかなかった」

キンバリー家はあくまで影。

教会と関係を匂わせることも、貴族社会で目立つことも禁じられていた。

「私が聖女になれないと分かった時のお父様の落胆ぶりは凄まじかった。それからお父様は私に目もくれなくなった。『聖女になれないのなら、お前は必要ない』とまで言われたわ」

当たり前のように与えられていた愛情が失くなる。

細かな状況は違うが、ルイーゼはミランダが倒れた時に感じた焦燥を思い出した。

メイデンの小刻みな震えが、触れている箇所を通じてルイーゼに伝わってくる。

「せめて良縁を掴めるようにと、それまで免除されていた勉強をたくさんすることになったわ。お父様に見直して頂けるように、本当に頑張ったの。礼儀作法や紅茶の淹《い》れ方、立ち振る舞い、男性が喜ぶ話し方……でも、どれも中の下。社交の場では殿方と上手く話せなかった。私は、出来損ないなの。聖女になれなければ、生まれてきた意味も価値もない」

「……」

戦いの最中でもうすうす感じていたが、メイデンの話を聞いているうちにルイーゼは確信する。

両親の愛情を欲していること。

何もできない自分を責めていること。

聖女を自分の拠《よ》り所にしていること。

彼女は、メイデンは――ルイーゼと随分似ている。全く同様とまではいかないが、共通する箇所がとても多い。

痛々しい気持ちでメイデンを見つめていると、メイデンはルイーゼの肩を掴んだ。

「ねぇ、どうして私を助けたの」

「どうして、って……」

「私はあなたを殺そうとしたのよ。あんな恐ろしい武器で……『お父様に認められたい』、なんて身勝手な理由で、ひ、人殺しをするような最低な女なのよ」

メイデンの声が次第に湿り気を帯び、小さく嗚咽《おえつ》を始める。

「あのまま岩の下敷きになって惨めに死ぬのが私にお似合いの末路だったわ。なのに、どうして？

私を見捨てていれば、難なく脱出できていたのに」

「だって私、聖女だし」

「……は？」

「……っていう気持ちもあるけど、私が聖女じゃなくてもあなたは助けたい」

聖女としてのルイーゼ。

令嬢としてのルイーゼ。

どちらであっても、メイデンは救いたいと考えていた。

彼女は、自分と同じだから。予想もしない返答だったのか、メイデンはきょとんとしている。

そんなに意外なのかなと思いつつ、ルイーゼは指を立てて補足する。

「聖女の仕事は魔窟《まくつ》の封印を維持して人々を守ることよ」

「それと私を助けたことと、なんの関係が……？」

「人々を守る。もちろん、あなたもその中に入っているわ」

聖女とて人間だ。すべての人を守るという理想は掲げられても、それを実現することはできない。

ならばせめて。この小さな手が届く範囲の人は助け、守りたい。

「……私はあなたが助ける価値のある人間じゃない。罰を受けなければならないのよ」

「っと、お喋りの時間は一旦終わりましょう。あとでまた聞かせて」

ルイーゼはふと顔を上げ、立ち上がった。

部屋の中央に移動し、その場で膝を折る。

彼女の行動を見ていたメイデンが、訝《いぶか》しげな視線を向ける。

「何をするつもり？」

「何って、祈らないと」

――夕の祈りの時間が来ている。

時計を確認せずとも、ルイーゼにはそれが分かる。

「その怪我で祈るつもり!?」

「もちろん」

ルイーゼの左腕には脈に合わせてズキズキと痛みが走り続けている。

いつもより集中に時間がかかりそうだな、と、ルイーゼはどこか他人事のように考えていた。

「あなた『祝福』を受けていないんでしょう!?　だったらこんな非常時に祈る必要なんて――」

「何言っているの。聖女なんだから祈らないと」

慌てた声を出すメイデンに、ルイーゼはきっぱりと告げた。

清拭用の布はもちろんないので、今回は身体を清める工程を省略する。

「よいしょっと」

ほとんど動かない左手を右手で掴み、無理矢理持ち上げる。

固まりかけていた傷口が再びひび割れ、そこから雫が滴《したた》る感触があった。

収まりかけていた痛みが増大するが――ルイーゼはそれらを『無視』した。

――集中、集中、集中。

役目を授けてくださった神への感謝。

連綿とこの国を守ってきた歴代の聖女への礼賛《らいさん》。

魔なる者への憐憫《れんびん》。

それらで頭をいっぱいにして、静かに頭《こうべ》を垂れる。

「嘘……嘘よ」

メイデンの困惑した声が鼓膜を揺らす。

だが『無視』しているので、その言葉が何を意味するのか分からない。

「ルイーゼは傲慢で、強欲で、教主が教育しなければ聖女としての役割を果たせないとお父様は言っていたのに……こんなの全然、違うじゃない」

▼

次に気がついた時、ルイーゼは小さな部屋の中にいた。

移動したとは思えないほど同じ造りの部屋の中央で、法衣を纏《まと》った女性が懇々《こんこん》と祈りを捧げている。

――また、あの夢だ。

もう幾度となく見てきた夢だが、いつもと見るタイミングが違う。

（私、祈ってたのに……なんで？）

「——ようやく、繋がったわね」

疑問符を浮かべ困惑するルイーゼの前で、法衣の女性は祈りの姿勢を解き立ち上がった。

「あの、あなたは……」

「私は聖女アイリス」

——その名前には聞き覚えがあった。歴代聖女の中でも、初代聖女に次ぐ活躍をした者の名だ。

「だ、第二代聖女様⁉」

「その呼び名はあまり好きではないわ。普通にアイリスと呼んで」

緩やかなウェーブを描く黒髪と、憂いを帯びた表情。

もう何十年も前に亡くなったはずの彼女が、どうして——そんなルイーゼの狼狽《ろうばい》を余所《よそ》に、アイリスは続けた。

「封印に綻《ほころ》びができている。このままでは危険よ」

「……っ。けど、どうすれば」

魔窟《まくつ》の封印の段階が下がらないことはルイーゼも悩んでいるが、その対処法は見つかっていない。ただ祈るだけでは駄目。それは分かっているが、具体的に何をすればいいのかが分からない。

「魔窟《まくつ》を破壊して——と、言いたいところだけど、まずは封印の段階を下げることが先ね。そのためには、『祝福』を受けていないあなた一人の力では足りないわ」

「けど、聖女は私しか居ません」

「居ないのなら増やしましょう」

——聖女を増やす。

アイリスの提案は、驚くべきものだった。

「ま……待ってくださいアイリス様。聖女は一人しか存在できないはずです」

継承者は一人のみ。そして力を失った先代の聖女は力尽きる。

そのはずだが、アイリスは首を横に振った。

「いいえ。あなたはそれに縛られていないわ」

ルイーゼには通常の聖女ならあるはずの『祝福』、すなわち聖女が受ける様々な制約がない。

だから聖女を増やすことは可能だ、とアイリスは言う。

「向こうもそれに気付き始めている。早いとこ手を打ちましょう」

「向こう、って……？」

「魔窟《まくつ》の本体——正真正銘の化物よ。あなたもその存在を感じているはず」

言われてルイーゼは祈りの際、何度か手のようなものに掴まれたことを思い出す。

（あれが魔窟《まくつ》の本体……ってこと？）

魔窟《まくつ》はただの岩穴ではない。それは周知の事実ではあるが……中に何かが閉じ込められていると
は考えもしなかった。

「話を戻すわ。あなたは聖女の力を分け与えることができる特別な聖女なの」

だが、歴代聖女に縁のある人物にしかできず、与えられる力は封印の祈りのみ。

歴代聖女に縁のある人物――なんの偶然か、該当する人物はルイーゼのすぐ側にいる。

「メイデン……」

「ええ。あの子を説得して、一緒に祈って。そうすれば魔窟《まくつ》の封印は元に――いいえ、もっと完全な状態を保てるわ」

二人で祈れば、日々の祈りの回数を減らしてもそう簡単には解けなくなるそうだ。願ってもないことだ。

ルイーゼの寿命はさらに延び、より長く聖女研究に携《たずさ》われるようになる。

ルイーゼの手を包み、アイリスは薄く微笑んだ。

「ずっと。ずっと、あなたを待っていたの。第十代聖女ルイーゼ。あなたなら、この国を――いいえ、世界を変えることができる。これはあなたにしかできないことよ」

「アイリス様……。分かりました。やります」

「ありがとう」

アイリスは手を離し、今度はルイーゼの頬を包んだ。目を閉じ、額を押し当てる。ひんやりとした感触を通して――頭の中に、何をすればいいかが流れ込んでくる。

経験したことのない感覚のはずなのに、なぜか懐かしさを覚えた。それを思い出す前に、アイリスが額を離す。

「――やり方は今伝えた通りよ。覚えたわね？」

「はい」

力強く頷くと、アイリスはまた薄く微笑み――部屋の中央へ戻った。

「頑張ってね。私はここで見ているから」

急速に感覚が消えていく。

何かに引っ張られるように、ルイーゼの意識は遠のいた。

「あなたなら――が、できる――」

最後の言葉を聞き終える前に、ルイーゼは目を覚ました。

▼

「――っ」

弾かれるように、ルイーゼは尻餅をついた。

身体の感覚が浮ついている。まるで抜けた魂が急激に身体に戻ったかのようだ。

祈りの時間が来ている。体内時計がそれをうるさいほどに告げている――ということは、あれから数分も経っていない。

「ねえ、やっぱり止めましょう。こんな怪我で祈るなんて無茶よ」

すぐ隣で半泣きの声がした。メイデンが自分の服を切り裂き、新たに開いた傷口を止血してくれている。

メイデンの目から止まりかけていた涙が再び溢れる。

「痛かったでしょう？　私が……うぐ、あんなことをしたから……ごめんなさい、ごめんなさい」

メイデン。第二代聖女アイリスの直系の子孫。

こうして見ると、確かに面影がある。

顔の輪郭や目の色、緩やかな曲線を描く黒髪がそっくりだ。

――あの子を説得して、一緒に祈って。

頭の中で、アイリスの声がした。

ルイーゼはメイデンの涙を無事な右手で拭い、彼女に提案した。

「ねぇメイデン。聖女にならない？」

「……っ。何を言っているの？」

「聞いて」

ルイーゼは、先程見た夢の内容を話して聞かせた。

メイデンはまさかといった表情で首を振る。

「そんな話……信じられないわ。それに」

「それに？」

「私は聖女になりたくてあんなことを仕出かしたのよ。あなたの言う方法で聖女になれたらおかしいじゃない。私に必要なのは罰なの」

「じゃあ、ちょうどいいじゃない」

「え？」

「自由に外を出歩けない。決まった時間に祈らないといけない。しっかりと体調を整えておかないと負荷が辛い。寿命が減る……。聖女って、結構な罰になると思うけど？」

不便と感じる聖女の欠点を指折り数えながら、ルイーゼは首をひねる。

「加えて聖女研究にも強制参加。かなりの重労働をしてもらうことになるわよ」

「そんなの……そんなの、罰じゃない。私はここで死ぬべきなのよ」

「死ぬことは許さないわ。生きて私と一緒に祈りなさい。それがあなたへの罰よ」

「……」

それでもまだ、メイデンは迷っていた。それほど彼女は聖女になることを渇望していたのだ。聖女の立場を与えられることを『罰』と言われても、納得できないようだ。

「お願い。メイデンしか居ないの」

「…………本当に、いいの？」

「うん」

真剣に頭を下げるルイーゼに、メイデンがおずおずと尋ねる。

「私はあなたを自分勝手な理由で憎んでいたのよ」

「人間同士、すべて分かり合うなんて無理よ。その代わり、私もあなたの気に入らないところは遠慮なく言わせてもらうわ」

「またあなたを裏切るかもしれないわよ」

「大丈夫。それは慣れてるから」

「……こんな時でも冗談を言えるなんて、あなた、見た目以上に強いのね」

冗談ではないのだが。

どうもメイデンは、ルイーゼが教主に洗脳されていたことを知らないようだ。むしろ彼のことを『祝福』を受けていないルイーゼをしっかり祈らせる調整係のように思っている節がある。

よりルイーゼに憎しみの感情を抱くよう、ノーマイアが意図的に情報を隠していたのかもしれない。

「頼れる仲間がいるから平気って意味よ」

手を差し伸べるルイーゼ。

「メイデン・キンバリー。聖女に――いいえ、私の仲間になりなさい」

「……」

メイデンはルイーゼの差し出した手を見つめた。

そして長年、ルイーゼを敵視していたことを思う。

聖女になれなかった日から、お前に価値はないと言われ続けてきた。

偽物《ルイーゼ》のせいで――と、自分勝手に恨みを募らせ、ルイーゼのあら探しをしては自分が優れている点を見付け、小さな優越感に浸っていた。

そうすることでしか自分を保てなかった。

しかし――実際は、勝負にすらなっていなかった。

聖女であることに対する覚悟、祈ることへの責任、人としての器――すべて違いすぎる。

継承の儀式を終えているとかいないとか、そういうレベルの話ではない。

徹頭徹尾、ルイーゼは聖女なのだ。

(——負けたわ)

敗北感が全身を包むが、不快感は欠片《かけら》もなく、むしろ心地よさすら覚える。

メイデンは頭を垂れ、跪《ひざまず》きながらルイーゼの手を恭《うやうや》しく取った。

「——聖女様の、御心のままに」

▼

時は少し前、ルイーゼとメイデンが地下の崩落に巻き込まれた頃に遡《さかのぼ》る。

「必ず、助けに戻る!」

アーヴィングはメイデンのことを知らない。あの場に居たということは今回の一件と無関係ではないだろうが、味方には見えなかった。

ルイーゼの怪我は左腕だけではない。髪は乱れ、頬は殴られたように赤くなっていた。

ノーマイアの体格から考えると、もし彼がルイーゼを殴っていればあんな傷では済まない。

つまり、あの少女に殴られた可能性が高い。

なぜ敵であるはずのメイデンを助けようとしたのか。

また幻惑魔法に操られている——という線も考えたが、すぐに否定する。

特異魔法と呼ばれる分類の魔法はどれもとても珍しい。系統が違うならまだしも、同じ使い手がそう何度も現れるとは考えにくい。

ルイーゼなりにメイデンを見定めた結果、敵ではないと断じた——もしくは敵であってもルイーゼが救うと決めた。そのどちらかだろう。

アーヴィングはもう一度だけ、部屋の位置を確かめた。入り口の角度と階段の段数から、おおよその深さを割り出す。

ノーマイアを捕まえた後、できるだけ早くルイーゼの所まで戻るためだ。

深さを考えると、ここに戻るまで数時間はかかるだろう。

（くそ、俺にもっと力があれば——！）

ルイーゼを助ける。ノーマイアを捕まえる。それらを同時にやれるほどの器用さは持ち合わせていなかった。

アーヴィングは多彩な魔法を扱うことができる上、繊細な制御も可能だ。

土魔法で崩落を支える、水魔法で落下を遅らせる——数多くの魔法を習得している彼には、無数の選択肢があった。

しかしそれはアーヴィングが万全の状態でのみの話だ。

魔法は、術者の精神状態に大きく左右される。

ノーマイアの真意を見抜けず、裏切られたこと。彼を『戦う術《すべ》を持たない貴族』と見て油断したこと。

それらが複合し、この危機を招いてしまった。

自分の未熟さ、愚かさ、浅はかさに腸《はらわた》が煮えくり返っている。

こんな状態で魔法を使えば、間違いなく制御に失敗する。

それがルイーゼに当たりでもしたら——そう考えると、魔法を使うことはできなかった。

(俺は……ルイーゼの提案を呑んだフリをして、逃げているだけだ)

どんな悩みも解決し、ヒロインのあらゆる危険を涼しい顔で払いのける。子供の頃に夢想したヒーローにはなれないという現実を改めて突きつけられた気分だ。

「……必ず助けるぞ」

アーヴィングは後ろ髪が引き千切れるような思いで、地上への道を急いだ。


「どけぇぇぇぇ！　この役立たずがぁ！」

地上に戻ると、ノーマイアは足にしがみつく少年を何度も踏みつけていた。

馬車でどこかに逃げようとしているが、少年——ロイに阻止されている。

ボロボロで血反吐《ちへど》を吐くロイだが——その目には燃えるような怒りが灯っていた。

「話が違うじゃないですか……！　あなたの計画に協力すればお嬢様を自由にするという約束だったはず……！」

「身分を弁《わきま》えろこのクズが！　貴族であるこのノーマイア・キンバリーが貴様のような小間使いとの約束を守る義理などないだろうが！」

「お嬢様は、あなたのお役に立ちたい一心でここまで努力して来られたんです！」

「結果を出せない努力に何の意味がある！」

その醜《みにく》い姿に、アーヴィングは奥歯を噛みしめる。

——まだ子供だった頃、アーヴィングは貴族が苦手だった。

当時最も王座に近いと言われていた第四王子アーネスト。彼は、彼だけは憎しみ合うしかない弟であるアーヴィングにも優しかった。

その仲の良さを貴族たちは利用しようとした。猫撫で声で下手《したて》に出てくる彼らは、みなアーヴィングではなくアーネストの気を引こうと必死だった。

アーヴィングはそれがたまらなく嫌だった。

しかし、ノーマイアだけは違った。彼はアーネストがいなくても気さくに話しかけてきたし、なんら裏のない態度で接してくれた。

——それは間違いだったと、今になって思い知らされた。

彼は……ノーマイアはただ、他の貴族よりも仮面を被るのが上手なだけだったのだ。

「俺もルイーゼのことは言えんな。人を見る目がまるでない」

アーヴィングは静かに剣を握り締め、二人の前に立った。

「随分と早かったな。ルイーゼは見殺しにしたのか」

ノーマイアは慌てる様子もなく、ロイを踏みつけたままいつもの笑顔を向けてくる。

——これは悪い夢だ。

そうであればどれだけ気楽か。

「何故、こんなことを」

「それが私の役目だからだ」

ロイを端に蹴り飛ばし、ノーマイアは両手を挙げた。

「聖女。魔窟《まくつ》。これらを探る者はすべからく葬るべし。これが我がキンバリー家の家訓だ」

「貴様……！」

アーヴィングは激情にかられるままノーマイアの胸ぐらを掴み上げ、首筋に剣を突きつける。

「なぜそこまで聖女に犠牲《ぎせい》を強いる⁉　なぜ聖女ですら知らない情報を知っている⁉　魔窟《まくつ》とは、一体なんなんだ！　言え！　知っていることをすべて！」

「ひひ、ひひひひひひひひひひ！」

しかしノーマイアはただ笑うだけで何も答えない。

「勘違いするな。意地悪で何も言わないのではない。お前の身を案じているんだ」

「ふざけたことを――」

「お前は王子でありながら、無欲で澄んだ目をしていた。だから目をかけてきた。それは今でも変わっていない。『本当のこと』を知って絶望する姿を見たくない」

「どの口が言っている！」

アーヴィングは剣を捨て、ノーマイアの顔面を殴りつけた。

誰がどう見ても、彼は異常者だ。

そのことに気付かなかった。気付けなかった。

「クク……そこまで聖女に入れ込んでいるとはな」

殴られる痛みなど感じないと言わんばかりに、ノーマイアは目を細めた。

「いや。聖女と言うより、ルイーゼに入れ込んでいる……と言った方が正しいか」

「……っ」

図星を指され、アーヴィングは一瞬だけたじろいだ。

それを見逃さず、ノーマイアは予想が確信に変わったとまた笑う。

「目をかけてきた、と言っただろう？　ひょっとしたらお前の父親よりもお前のことを察するのは得意かもしれんよ」

「ふざけたことを……！」

アーヴィングはノーマイアを組み伏せ、両手を背中側で縛り上げる。

「聖女の監禁だけではない。貴様には複数の殺人容疑もかかっている」

聖女の謎を暴く者を消し去る。この言葉に偽りがないのなら――過去、聖女研究を志《こころざ》す者が不慮の死を遂げた事件の多くに彼が関与していることになる。

――その中の一人は、あのクレイグの息子だ。

「牢《ろう》の中でたっぷり話してもらうぞ」

「ひひ、ひひひひひひ」

アーヴィングがいくら凄んでも、ノーマイアは気味の悪い笑い声を上げるだけだった。

▼

アーヴィングがノーマイアを騎士に引き渡したその頃。

閉ざされた小部屋の中で、ルイーゼはメイデンに聖女の力の継承を行っていた。

「これで本当に私も聖女になったの？」

「ええ、大丈夫よ」

第二代聖女アイリスから伝えられた簡易な継承の儀式——額に口付けをすること。

やったことはないはずなのに、頭の中では成功を確信しているという不思議な感覚。

ルイーゼは初めて癒しの唄《うた》を使用した時を思い出していた。

「全然、痛くないのね」

メイデンは本来の継承の儀式のような痛みが来ると思っていたようで拍子抜けしていた。

ルイーゼができるのはあくまで簡易的な継承のみなので、苦痛は伴わない。

「祈り方は分かるわね？」

「……あ、分かる」

メイデンもルイーゼと同じ感覚を味わったようだ。

なるべく余裕のある表情を取り繕いたいが、それも限界が近い。

実のところ、腕の痛みで意識が朦朧《もうろう》としてきていた。

（祈り終わるまで絶対気絶しちゃダメよ）
唇を強く噛みながら、ルイーゼはできるだけ頼もしく見えるよう、笑みを浮かべた。
「じゃあ、やるわよ」
アイリスが言うには、魔窟《まくつ》の封印の綻《ほころ》びは徐々に大きくなっている。
ルイーゼだけではもう封印の段階を下げることはできない。
今のままでは、祈り続けても封印はいずれ完全に解けてしまう。
その前に、終わらせる。
ルイーゼとメイデン。二人の聖女で。
（集中――）
ルイーゼとメイデンは目を閉じ、祈りを捧げた。

扉。
見渡す限り白が広がる空間の中に、ルイーゼは立っていた。ぽつんと佇《たたず》む扉が見える。
ほとんど閉じられているが、腕一本分だけ開いている。
閉じかけた扉に、腕が一本、挟まっているからだ。
「あれが……」
第二代聖女アイリスが言っていた、魔窟《まくつ》の本体。
あれを外に出す訳にはいかない。

（一人では押し返せなかったけど、二人なら――！）

ルイーゼはイメージの中で、扉の縁に手をかけて強く押した。

自分以外の力が加わっている感触がある。

メイデンの祈りだ。

手が暴れ出し――扉を押すルイーゼを掴んだ。万力のような力で彼女の細い腕を砕かんとしている。

ルイーゼはその痛みを『無視』してさらに扉を押すと、徐々に手から力が抜け、二の腕まで見えていたものが、するすると扉の向こう側に戻っていく。

（なんなのか知らないけど――絶対、外には出させないわ）

『――――ッ！』

手から声にならない叫び声が聞こえたような気がしたのち。

ぎち、と音がして――扉が完全に閉まった。

▼

次に気付いた時、ルイーゼの身体は見慣れないベッドの上にあった。

「!?　い、いでで……」

身体を起こそうとして手をつき、激痛に涙が出てくる。左腕を見やると、これでもかというほどきつく包帯が巻かれていた。

他にも、他にも——身体の至るところに白い布が巻き付けられていて、動きにくくて仕方がない。

それでも彼女は、やらなければならないことがある。

(——祈らないと)

時計を見たわけではないが、分かる。いまは祈りの時間だ。

ベッドから起き上がり、周囲を見渡す。

いつもの教会ではないが、見たことのある室内——王宮の来賓室だ。

腕をはじめとした身体のあちこちから痛みが走るが、そんなものは祈らない理由にはならない。

(清拭用の布……ないかな)

キョロキョロと周囲を見渡し——すぐ隣にいる人物と目が合った。

メイデンだ。彼女もルイーゼほどではないが、腕や頭に白い布が巻かれている。

「ルイーゼ！　良かった、気が付いたのね」

ほっとしたような表情で涙を浮かべるメイデンに、ルイーゼは尋ねた。

「メイデン。布持ってない？」

「何に使うつもり？」

「清拭。もう祈りの時間なの。祈らなくちゃ」

短くそう告げると、メイデンは驚いたような、呆れたような表情をした。

「あなたって人は……大丈夫よ。あなたの怪我が治るまで、私が祈りを引き受けるから」

「メイデンが……祈り……？」

「覚えていないの？」

おぼろげだった記憶が徐々に輪郭を取り戻していく。

メイデンを二人目の聖女にして、あの地下室で一緒に祈ったこと。

イメージの中で扉から出ようとしていた手を押し込み――それからの記憶がない。

「あれからどうなったの？　伯爵は？」

矢継ぎ早に質問するルイーゼに、メイデンは丁寧に答えた。

祈りを終えた直後、ルイーゼは気を失ったものの、アーヴィングにより二人とも救助された。

メイデンは聖女殺害未遂の罪に問われかけたが、本人が協力的だったことと、アーヴィングの口利《き》きを受け、縄をかけられることなくルイーゼと同じ場所で治療を受けることになった。

そしてルイーゼと比べれば怪我らしい怪我もしていなかったメイデンは、すぐにアーヴィングによって聴取を受け、これまでの経緯を話したという。

長年『偽聖女』であるルイーゼを逆恨みしていたこと。

父であるノーマイアの甘言を受け、ルイーゼを殺そうとしていたこと。

ノーマイアに失望され、絶望の中ルイーゼに命を救われたこと。

さらに聖女の力を与えられたこと。

すべて、包み隠さずに。

「私には罰が必要です、とも言ったわ」

聖女となることを罰として受け入れたメイデンだったが、本人はまだ納得していないようだ。

聖女になる以外になんらかの罰が欲しいとアーヴィングに頼んだ、とのこと。

「アーヴはなんと言っていたの？」

「追加の罰ならもう受けているだろう、って」

メイデンはそう言って、布の張ってある自分の頬――ルイーゼが叩いた部分だ――を指差した。

「これまでの人生で一番きつい一発だったわ。おかげで目が覚めた」

「あ、あはは……」

あの時はいろいろと必死すぎて力を抑える余裕なんてなかった。

自分の腕が壊れるほどの力を込めていたのだから、メイデンがそう評するのも無理はない。

「いま私が生きているのはあなたのおかげよ。ありがとう」

「大袈裟よ」

ルイーゼは神ではない。大事なことを見落としもするし、見逃しもする。

すべての命を救うなどという傲慢を胸に抱く気も起きないほどに小さな存在だ。

今回はたまたまだ。たまたまメイデンが手の届く範囲にいたから助けられた。それ以上でもそれ以下でもない。

それでも。『聖女』ではなくルイーゼとして彼女を助けることができたのだとしたら、それはとても嬉しいことだ。

「何度も言うけど、私はあなたを殺そうとしたのよ」

「それはもう言いっこなしよ」

親の愛情が欲しくて、自分の居場所が欲しくて必死になること。

ルイーゼは――ルイーゼだからこそ、それをよく知っている。

だから必要以上に感謝せず、今まで通りに接して欲しいと頼んだ。

「あなたって人は……」

メイデンはぱちりと瞬《まばた》きをして、ほのかな笑みを浮かべた。それから身を乗り出し、ルイーゼの胸に人差し指を押し当てる。

「なら――遠慮せずに言うわ。あなた馬鹿なの？　そんな大怪我で祈ろうとするなんて」

「え、えええ⁉」

「しかも血がドバドバ出てるのに素知らぬ顔していたし。見てるこっちが卒倒しそうだったわ」

メイデンの突然の変わりように、ルイーゼは面食らった。

さらに彼女の説教（？）は続く。

「あなたは祈らないことを選べるんでしょう？　それを活かさないなんて宝の持ち腐れじゃない」

「け、けど、祈らなかったらみんなに迷惑が」

「怪我をした上に地下で生き埋めになっていると知ったら、誰もあなたを責めたりなんてしないわよ。それに冒険者全体のレベルもここのところ上がっているんだから、そんな心配は無用よ」

「でもでも、祈らないと身体がムズムズするし」

「なによそれ。あなたは特別な聖女なんでしょう？　もっと自分を大事にしなさい」

正論だ。

正論過ぎて、何も言い返せない。

「ううう……そんなに言わなくても」

「これくらい言わないと、また自分から危ないところに行きそうだもの」

メイデンは、ルイーゼが眠っている間にアーヴィングから彼女のことを聞いていた。

ルイーゼがメイデンと同じ――いや、それ以上の冷遇を家族から受けて育ってきたこと。

教主に長年洗脳されていたこと。

救うと決めた人間は、自分がどうなろうと助けようとすること。

アーヴィングが救われた時は聖女の力を継承している途中で、ルイーゼは疲労と痛みで限界まで追い詰められていた。

ピアの時は軟禁されている間で、兵士に額を割られた。

そして、メイデンの時。ノーマイアを止めるため、ルイーゼは左腕を犠牲《ぎせい》にした。

医者の腕が良かったおかげで痕も残らず治ると言われたが、下手をすれば腕ごと切断しなければならないような大怪我だった。

メイデンを救うためには仕方がないと判断し、ルイーゼは一瞬で自分の左腕を捨てる判断をしたのだ。

その姿勢には危なっかしさを越えて、恐ろしさすら覚える。

しかし、そんなルイーゼだからこそ、メイデンは心を動かされた。

もしまた、同じような出来事があれば――

（今度は私が、身体を張ってあなたの盾になる）

メイデンはそんな決意を秘めながら、ルイーゼに説教をする。

少しでも自分の身を案じて欲しいと願いながら。

「――とりあえず、言いたいことはこれくらいかしら」

「うぅ……ううううう」

長々とした説教がちょうど終わる頃、扉がノックされた。

返事をすると、メイドが入ってくる。

――アーヴィングがルイーゼの世話係候補にしていた、あの綺麗なメイドだ。

休暇中と聞いていたが、もう戻ってきたようだ。

「ご歓談中に失礼致します。包帯を取り替えさせていただきます」

「もしかして、ずっと待っていたんですか？」

「ええ。楽しそうにお話しされていたので少し待たせて頂いたのですが、時間が押してきまして」

一枚板を挟んだらあれが歓談に聞こえるのか……と、ルイーゼは今回ばかりは分厚い扉を恨んだ。

「お身体の具合はいかがですか？」

「すごく痛いです」

正直にそう答えると、メイドは「当然です」と、持っていた包帯や傷薬が一式入った箱を開いた。

手早く包帯を解《ほど》き、それぞれの傷の状態を丁寧に調べていく。

「頬や膝の擦過傷、身体の各所の打撲傷、極めつけに左腕に無数に走る裂傷。何をどうすればあんな傷ができるのか理解に苦しみますが……理由は聞くなとアーヴィング様のご下命がございましたので何も聞きません」

「あ、あはは……」

淡々と傷薬を塗り、包帯を巻き替えるメイド。

下手な医者よりも手際がいい。ほとんど痛みを感じることもなく、あっさりと取り替えは終わった。

「あなたはこの国になくてはならない存在です。あまり無茶はなさらないでください」

「う……善処します」

「そこは断言しなさいよ」

曖昧《あいまい》な返答をするルイーゼに、メイデンが鋭い指摘を挟む。

メイドは何も言わなかったが、呆れたように半眼を向けていた。

なんと言われようと、また同じような事態になればルイーゼは危険に身を投じるだろう。

それで一人でも救われる命が、心があるのなら。

ルイーゼは喜んでこの身を捧げるつもりだ。

それが彼女の目指した、聖女なのだから。

エピローグ

メイデンと二人で祈ることで、ルイーゼの負担は半分に減った。

しかし祈りの間隔は伸びたものの、依然として聖女は不要になっていない。

祈ることを止めれば再び魔物は強化されるだろう。

負担が減った分、一人で考える時間が増えた。

なぜ聖女は一人しか存在できなかったのか。

複数人で祈るようにすれば聖女の負担は減り、安定した魔窟《まくつ》の封印の維持ができたはずだ。

ルイーゼの持つ聖女の力は、初代聖女の力を引き継いだものだ。彼女ができたことなら初代聖女にも実現できたはず。

なぜわざわざ『祝福』などというものを用いて、聖女を一人だけ国に縛り付けるようなことをしたのだろうか。

そして、魔窟《まくつ》の奥に居る存在――あの手。

……あれは一体、なんだったのだろう。

第二代聖女アイリスが言っていたように、底知れない力を持った化物ということは肌を通して理解できた。

しかし、化物と言うには、あれはあまりに人間じみていた。

高度な能力を持つ魔物は人間に近い動きをすると聞いたことがある。

アーヴィングが戦ったスライムの『女王』。

エリックが戦ったゴブリンの『王』。

どちらも知性めいたものを持っている節があった。

魔窟《まくつ》に封じ込められた存在も、その一種なのだろうか。

……聖女への、魔窟《まくつ》への疑問は尽きない。

「──そんなわけで、まだまだ調べることは多そうです」

久しぶりに来たクラリスの墓の前で、ルイーゼはそう告げた。

クレイグとアーヴィングが和解したことにより、聖女研究は正式に進められることになった。

公爵家の助力を得られたことはとても大きい。

クレイグがアーヴィングを認めたことで、あれほど居たはずの反対派は一斉に掌《てのひら》を返した。

「本当に変わり身の早い人たちです。クラリスさんもそう思いません？」

また長く話しすぎたのか、遠くで待っていたアーヴィングが近づいてくる。

「そろそろ行くぞ、ルイーゼ」

「うん」

聖女の不要を証明する。

永遠の命題とも言えるそれを完璧にするには、やはりすべての謎を解き明かす必要がある。

ようやく一歩前進したように見えるが、立ちはだかる障害物を退けただけで進むには至っていない。

「そういえば、やりたいことがあると言っていたな」

「う……うん」

「メイデンのおかげで寿命が延びたんだ。少しは羽を伸ばしてそっちを優先してもいいんだぞ」

帰り道、アーヴィングがそんなことを勧めてくる。

謎を追うのもいいが、先にやりたいことをやれ、と。

しかしルイーゼのやりたいことはアーヴィングとの恋愛だ。これはすぐにどうこうできるものではない。

だからこそ、少しずつ距離を詰める必要がある。

――例えば、二人でお洒落な夕食を食べたり。

――例えば、二人で綺麗な景色を眺めたり。

例えば――仲睦まじく、腕を組んだり。

ルイーゼの脳裏には、前回クラリスの墓参りをした時に見たカップルの姿が浮かんでいた。

「じゃ、じゃあ……」

ルイーゼはこっそりとアーヴィングとの距離を詰め、腕に手を伸ばす。

逞《たくま》しい腕だ。七年前は自分とそう変わらない体格をしていたはずなのに。

ごくり、と生唾《つば》を飲む。

（いつも非常事態だったから気にする余裕なかったけど、この腕に何度も抱きしめられているのよね、私……）

意識せず触れるのとは大違いで、式典で演説した時以上の緊張がルイーゼに走る。

震える手が、アーヴィングの腕に触れかける。

（ええい、女は度胸よ！）

迷いを断ち切り、ルイーゼは意を決して彼の腕に飛びついた。

「――そういえば、クレイグ殿が今度お詫びをしたいと……」

「ひゃあ⁉」

――その時、唐突にアーヴィングが振り向いた。

彼の腕があらぬ場所に移動し、ルイーゼの手が虚空を薙《な》ぐ。

体重を支えてもらう予定だった腕を掴み損ね、ルイーゼはそのまま地面に倒れ込んだ。

「……何をしているんだ？」

「いえ、あの、ちょっと……小石に躓《つまず》いただけよ」

まさか、恋人よろしく腕に飛びつこうとしていました――などと言えるはずもない。

（前回キスしようとした時も雰囲気ぶち壊しだったわね。なんでこうなるの……⁉）

アーヴィングにアプローチをかけようとすると、なぜか失敗してしまう。

極度の緊張がそうさせるのか、果てはアーヴィングが回避しているのか。後者でないことを願うばかりだ。

（そこまでは嫌われてないはず……ああでも、あんまりグイグイ行くと鬱陶《うっとう》しがられるかも……）

適当に言い繕って立ち上がろうとする——よりも早く、アーヴィングがルイーゼの前で膝をついた。

スタングランド王国は国王のみが複数の妻を娶《めと》ることができる。より強い王を選出すべく多くの子供をもうける必要があるためだ。故に王子達の多くは異母兄弟であり、あまり似ていない。

他の王子とは似ても似つかない茶色い瞳が、ルイーゼの視線を釘付けにする。

「ど、どうしたの？」

「まだ本調子ではないんじゃないか？」

「へ……平気よ！」

左腕の怪我以外はほぼ完治している。

無事に復活したミランダと、継続して手伝ってくれているピアのおかげで健康状態は万全だ。

「無理はするな」

「!?」

アーヴィングはルイーゼの身体に腕を差し込み、彼女をひょいと抱え上げた。

「あ……う……」

ルイーゼは何も言えなくなり、顔を隠すように俯《うつむ》いた。

「ねぇ……アーヴ」

「なんだ」

「全部終わったら、聞いて欲しいことがあるの」

「今じゃ駄目なのか？」

「うん。聖女の謎を全部解いてから」

「分かった。覚えておく」

(今は……これでいいよね)

本当に言いたいことは先延ばしになってしまったが、こちらも一歩前進できた。

そのことにルイーゼは少しだけ満足して、赤い顔を隠すようにアーヴィングの胸元に顔を埋《うず》めた。

番外編　ライバルと決意表明

聖女が一週間祈らず、魔物が大幅に強化された事件を経て、週に一度『聖女の休日』が制定された。

聖女の休日を設けたのは、彼女の騎士となった第七王子アーヴィングだ。

当の聖女は封印の段階を安定させることや、冒険者に負担をかけたくないという理由ではじめは拒んでいたそうだが。

以前は唐突な変化に戸惑い、冒険者たちは醜態を晒《さら》していたが、今は第二段階、第三段階レベルの魔物であれば対処は可能だ。

あまりに弱すぎる魔物よりも、そのくらいの方が経済効果もあって良いと冒険者ギルドが交渉し、聖女はそれを了承した。

聖女にだけ重荷を背負わせるのではなく、それぞれが分担して支え合う。

スタングランド王国は建国百余年を過ぎ、新たな体制に変わろうとしていた。

「聖女の身体を労《いたわ》りつつ冒険者を鍛《きた》えられる一石二鳥のアイデアだな。アーヴィング王子、なかなかの切れ者だぜ」

黒髪黒目に良くも悪くもない顔立ちと、普通を体現したかのような出で立ちで熱心に聖女を語る青年。

彼の名はロディ。Cランクの冒険者だ。

「んあ」

テーブルを挟んだ対面に座っているのは、どこか幼い印象を残した少年だ。茶色の髪は乱雑に跳ね、軽鎧を装備した身体はやや薄汚れている。

彼もCランクの冒険者――エリックだ。

二人は年齢が近く、冒険者登録をした日も同じということで互いをライバル視していた。

数週間に一度は互いの無事の確認と情報交換――という名目で、酒場に集まるようにしている。

とはいえ二人とも未成年。木をくり抜いて作られたコップになみなみと注がれているのは酒ではなく果実水だ。

ニック王子が引き起こした事件で互いに忙しく、約一ヶ月半ぶりの再会だった。

「それにしても、お互い五体満足で生き残って良かったな」

「……そうだな」

どこか雰囲気が以前と違うエリックの姿にロディは首を傾げた。

スタングランド王国に魔物がほとんど出なかった少し前まで、『無事』とは、詐欺に遭っていないかや、病気の有無の確認――という意味合いのほうが大きかった。

少人数で行動する冒険者の場合、こういった横の繋がりはとても大切だ。今はそこに強化された魔物が加わっているので真剣さは増したが。

「エリック。さっきから何を見てるんだ？」

「外。人を見てる」

「お！　可愛い子でも通ったのか？」

「ちげーよ。人の動きを見てるんだよ」

最近、エリックはとある人物に稽古をつけてもらっているという。

今朝もいいようにあしらわれ、一分と経たずに敗北したらしい。どことなく汚れているのはそのせいだ。

「見てどうするんだよ」

「動きを見る練習。それと、参考になりそうな奴がいたらそれを盗もうと思って」

稽古相手はエリックに何かを教えるつもりはないらしい。

ただ、相手をするだけ。

ふーん、とロディは頷く。

「お前は頭が悪いから、理路整然とした理屈を並べられるよりは実践主体の方がいいだろうな」

「そうだな……って、やかましい」

エリックは納得しかけてから、口を尖《とが》らせて反論する。あまり強く言ってこないところを見ると、彼自身も自分が理論派ではないことを認めているようだ。

「その師匠？　はなんていう名前なんだ？」

「言えねえ」

「何だよ。教えろよ」

テーブルの上に身を乗り出して乞うと、エリックは少しだけ身を屈めて声を潜めた。

「仕事の対価に剣術を教えてもらってんだ。言ったら冒険者の守秘義務に反するだろ」

「ちぇ」

そう言われれば仕方がない。ロディはあっさりと引き下がった。椅子に腰かけ直し、改めてエリックを視界に収める。

「……しかしお前、ちょっと変わったな」

「そうか？」

エリックは向こう見ずな性格で、よく相棒のピアを置いて突っ走る癖があった。

ロディはそんなエリックを気にかけていた。年の近い冒険者はライバルだが、仲間でもある。妙な方向に暴走しないかと心配していたが、ほんの少し見ない間にエリックは様変わりしていた。

落ち着いたというか、死線を潜り抜けてきたというか——言葉にはできないが、とにかく以前とは別人のようだ。

「スレイヴスライムに身体を乗っ取られてる……とかじゃないよな？」

「なワケあるか」

スレイヴスライムは生物に寄生し支配するスライムだが、その特性の危険さから討伐が進み、とうの昔に絶滅している。

仮に人間に寄生したとしても、言語を操るほど高度な知能は持ち合わせていない。

つまりは、よくある定型句《ジョーク》だ。

そんな冗談を口走りたくなるほど、エリックは見違えた。

「なぁ。Cランクよりもっと上を目指すのか？」

「ああ。Aランクにならなくちゃいけないんだ」

「……」

なりたい。ではなく、ならなくてはならない。

エリックは何の気負いもなく告げるが、生半可な覚悟でなれるものではない。

冒険者として食べていくなら、Cランクあたりでのらりくらりやっていくのが最も賢い選択だ。

冒険者はみなFランクからスタートする。

おおよそEランクにランクアップするまで一～三ケ月。

Dランクまでは三ケ月～半年。

Cランクまでは一～二年。

順当に依頼をこなせば、ここまでは誰でもステップアップできる。

問題はここからだ。Bランクには半端な実力と信用ではまずなることができない。一般的に言われている昇格までの期間は二～五年だ。

Aランクはそれに加え、ランク維持のため定期的に試験を課されることになり、不合格になれば即Bランクに降格となる。

Sランクともなると通常の依頼をこなすだけで与えられることはない。一国を救うような活躍をした者が国家に認められることで初めてなれる。

大陸全土の歴史を紐解《ひもと》いても、Sランクの称号を与えられた冒険者の数は両手の指よりも少ないという話だ。

冒険者になりたての頃、エリックは「Sランクになってやる」と言っていた。

そして今はAランクを目指しているという。

目標が下がったように見えるが、違う。現実が見えている、ということだ。

エリックは現状に甘んじず、本気で『上』を目指そうとしている。

彼と比較して、ロディは自分の掌《てのひら》に視線を落とす。

(俺はどうだ?)

エリックと比べると体格に恵まれ、大した訓練をせずともすぐに実践レベルの剣術を習得できた。

相棒にも恵まれ、早い段階でCランクに上がれはしたが——そこで満足してしまい、ずっと停滞していた。

贅沢さえしなければ、なんとか生活できる程度の稼ぎを得られる。

毎日の労働、そして月に一度、少しだけ美味い飯を食べる。これ以上上を目指せば、才能の壁を前に自信を砕かれるかもしれない。

そんな恐怖と現状の居心地の良さが、ロディの足を止めていた。

ロディはエリックを改めて見つめる。

冒険者としてはロディの方が先行していた。そのはずなのに――気付けば追い越され、二歩も三歩も先に行かれている。

聞けばエリックはあの騒動の最中、強化されたゴブリンを相手に大立ち回りをしたという。

ロディももちろん参戦してはいたが、比較的安全な場所でちまちま防衛をしていただけだ。

(こりゃ、負けてられねえな)

とはいえ、自分にエリックほどの覚悟があるかと言われるとそうではない。

何か、上に上がるための起爆剤が必要だ。

真っ直ぐに前を見つめるエリックが眩しくて、思わずロディは視線と話題を逸らした。

「そういや、エリックは式典には参加したか？　聖女様があんな綺麗だったとはなぁ。本当に驚いたぜ」

式典での演説で、ロディは初めて聖女ルイーゼの素顔を見た。

聖女には見目麗しい女性が選ばれる、と誰かが言っていた。幼い頃に見た第九代聖女クラリスも美人ではあったが、とはいえ常識の範囲内だ。

しかし、ルイーゼは間違いなくその外にいる存在だった。彼女が顔を見せた瞬間、静まり返った会場の空気を今でも鮮明に思い出すことができる。

何人かは本当に天使が降臨したと勘違いして、両手を合わせて拝み始めたほどだ。

「まさに絶世の美女だな」

「本人は『化粧の力は偉大』とか言ってたぞ」

「本人？」

まるで聖女と会話したかのような物言いに、ロディは眉をひそめた。

一般人が聖女と会話する機会は当然ながら、ない。例外として、怪我をすれば治療院で彼女自らが治療してくれる。怪我の具合などを聞かれるので、その時に二言、三言程度の会話ならできるらしい。

会っていなかったこの一ヶ月半で、エリックは聖女に治療してもらったのだろうか。

そして滅多にできない聖女との会話中に、そんな失礼なことを聞いたのだろうか。

（いや、デリカシーゼロのこいつならあり得る）

ロディが先ほどまでとは打って変わった疑いの眼差しで見つめると、エリックは慌てたように言い繕う。

「あ、いや――そういう噂が立ってるって、その、おっさんが言ってたんだ」

「……ああ、あの情報屋か」

何故かエリックを気に入っている酒飲みの情報屋のことを、彼は親しみ（？）を込めておっさんと呼んでいる。

情報屋と知り合った、と聞いた時はまた新しい詐欺に遭っているのではと心配したが、金をせびられている様子はない。本当にたまたま、話の波長が合っただけなのだろう。

その情報屋は悪い男ではないようだが、エリックに妙な噂を吹き込むことがある。

今回もそれか……と、ロディは呆れつつも納得した。

「どんな噂だよ。白い粉を少し塗っただけであんな美人になるか。もう顔の作りが一般人とはかけ離れてんだよ」

「その辺はよく分かんねえ。けどまあ、仕事中の聖女様は声をかけれねえくらいの迫力がある……って、言ってたな。おっさんが」

再び微妙にズレた回答をするエリック。

どうも彼は、女性の美醜にとんでもなく疎《うと》い。付け加えると、女心の機微も全く理解していない。

(超絶朴念仁《ぼくねんじん》ぶりは相変わらずだな)

強くなること、鍛《きた》えることに夢中すぎてそれ以外がまるで目に入っていない。

すぐ隣でエリックに熱視線を送る相棒がいるというのに、彼が気付く素振りはまるでない。

ロディもエリックに女の趣味を聞いてみたり、それとなくピアを推してみたりしたことがあった。

しかし帰ってきた言葉はいつも「よく分かんねえ」だった。

見た目よりも遙かに精神年齢の低いエリックには、まだまだ恋愛は早すぎる。それは今でも健在のようだ。

ピアを不憫《ふびん》に思いつつも、ロディは急激に変わったエリックの変わらない一面を見て安堵した。

ぐうっと身体を伸ばし、席を立つ。

「いい時間だな。んじゃ、そろそろ俺行くわ。ピアちゃんによろしく言っといてくれ」

「おう。ミリーにもよろしくな」

ここに居ない相棒の名を呼び合い、エリックも席を立った。最近は指名依頼を貰い、どこかの屋敷の掃除と要人の護衛を兼任しているそうだ。

指名依頼が来る――ということは、どこかと強力な繋がりができたのか、果ては実力を認められたのか。

どちらにしろ、負けてはいられない。

（いい刺激を貰えたぜ）

「エリック。ありがとな」

「ん？　おう」

何故礼を言われたのか、と、エリックは首を傾げている。

目新しい情報はなかった。

しかし、エリックの存在は現状に甘んじている自分を奮い立たせるきっかけになった。

エリックのように、上を目指すための強固な目標を見つける。

一歩前に踏み出すためのヒントを貰えただけで十分だ。

「じゃ、お互いの無事を祈って」

「ああ。またな」

握った拳を軽くぶつけ合い、二人は酒場を出た。

▼

ロディはエリックと別れた足で、相棒の待つ東門へと足を運んだ。

門に到着し、辺りを見回しているとほどなくして目的の人物を発見する。

「待たせたな」

「ううん、全然～」

ロディの相棒、ミリー。ふわりとした癖毛が特徴の少女だ。間延びした口調からは全く想像できないが、これでもロディとのコンビでは前衛を務めている。

「道具は買えたか？」

「ばっちり～……と言いたいけど、傷薬はやっぱり売り切れだったの……」

ロディの問いにミリーが肩を落とす。

魔物が強くなった分、それまで余りがちだった包帯や傷薬などの消費は急激に増えた。

ここのところは入荷してもすぐに売り切れる……を繰り返しており、手に入れられないことも珍しくない。ロディもそのことは分かっていたので頷くにとどめた。

「ないものは仕方がない。できるだけ怪我のないように行くぞ」

「はーい」

いざ依頼場所へ行こうという矢先、二人はチラシを配る一団と遭遇した。

手渡されたものに目をやると……

「聖女応援同好会……なんだこりゃ」

チラシの内容は、聖女を応援する集団――いわゆる『ファンクラブ』の勧誘だった。

ニック王子が引き起こした事件、そして先日の式典で聖女を信奉する者は急激に増加した。

『聖女は神の代理人ではなく、神そのものだ』と、聖女新派なんていう新興宗教まで誕生したという噂はロディも聞いたことがある。

既存宗教の一派に見つかり、すぐに潰されたらしいが、この聖女応援同好会も中身は大差ないように見える。

『健気に王国を支える聖女ルイーゼを、我々の手で応援しませんか？』

今回は宗教ではなく、あくまで同好会。

入会金と会費を払うことで、聖女に関する情報――さらには握手会（絶賛交渉中、と注意書きがある）の参加券なども入手できると書かれている。

ロディは慌ててその一団から遠ざかり、顔をしかめた。

「商魂恐れ入るぜ。まさかこんなものまで商売にするとはな」

「入りたい？」

「まさか。俺に聖女様を応援する資格なんてねーよ」

ロディは、あの騒動があるまで聖女を小馬鹿にするようなことを何度も言っていた。そんな男に応援されても、聖女は喜ばないだろう。

実を言うとそれが理由で治療院に行くことも躊躇《ためら》っている。

聖女の力を疑っている訳ではない。

魔物がたった一週間であのような変化を遂げ――そして、たった一日で元に戻ったのだ。

実際に治癒した場面を見てはいないが、どのような傷でも治せるという言葉に嘘はないだろう。

しかし……あまりにも、急すぎた。

ほんの三ヶ月前まで、酒場に行けばいつも聖女の悪口が聞こえてきた。

しかし今は全く逆だ。聖女を称える話があちこちから聞こえてくる。

世間の批判にもくさらず、真摯に祈りを捧げ続けたルイーゼこそ真の聖女だと。

ロディとしては、掌返《てのひら》しが過ぎると感じていた。

いま聖女を信奉する者の大半は、かつて聖女を声高に批判していた者達だ。

改心したと言えば聞こえはいいが……結局、聖女を便利に使っているだけではないだろうか。

(そこまで面の皮は厚くなれねーよ)

チラシを懐《ふところ》に仕舞いながら、ロディたちは東門から外へ出た。


しばらく歩いていると、魔窟《まくつ》が見えてくる。

周辺の木々は見事なまでに焼け落ち——魔法使い達が隊列を組んで炎の魔法を使ったのだろうか——、魔窟《まくつ》だけがぽつんと鎮座する光景は、今まで以上に不気味に見えた。

魔窟《まくつ》の周囲に柵などは設けられていない。

一般人が何かしたところで、封印には何の影響も与えることはできないという証左だ。

「早く聖女様がぶっ壊してくれることを願うぜ」

「うん。聖女様が研究に集中できるよう、私たちがしっかり魔物の数を減らさないとね～」

魔物を無尽蔵に強化するコレさえなければスタングランド王国は平和になる。

「そういや、エリックがよろしくって言ってたぞ」

「いいなー。私もピアと女子会したいよ〜」

「今は忙しいみたいだからな」

そう言いながら、ロディはどこか雰囲気が違って見えたエリックのことを思い出す。

ピアはエリックと共に指名依頼を受け、とある要人の世話係をしているという。雇い主は同じだが、エリックとは別の場所に配属されていて拘束時間は彼女のほうが長いらしい。

いくら賃金が安い冒険者といえども、ほぼ毎日長時間の労働となるとそれなりの金はもらえるはずだ。さらに指名依頼という部分が、依頼主のエリックとピアへの信頼を物語っている。

いつの間にそんな繋がりを得たのだろうと首を傾げるが、エリックは人と打ち解けやすい性格をしているので、人徳のなせる業《わざ》……ということにしておいた。

「知らない間に二人とも先に行っちゃったみたいで、ちょっと寂しいね〜」

「……」

足元の小石を蹴飛ばしながら、ミリー。ロディは咄嗟《とっさ》に返事ができなかった。

エリックとはライバル関係ではあるが、どちらかと言うとロディの方が追われる側だった。

常に自分たちが半歩先を進んでいたはずなのに、気付けばエリックたちの方が二歩も三歩も先に行っている。

このまま置いて行かれる恐怖と、停滞していた自分への焦りで妙に胸がざわついた。

他者の成功を羨《うらや》み、嫉妬にかられて嫌がらせをする者は少なくない。

自分も、一歩間違えればそういう道に踏み出していたかもしれない——そう思うと、少しだけ恐ろしかった。しかしそういう冒険者は自分の仕事が疎《おろそ》かになり、例外なく落ちぶれていく。

(追い抜かれたんなら、また追い越せばいいだけだ。ライバルってのはそういうもんだろ)

そう自分に言い聞かせる。

「もともとあの二人には才能があったんだ。それを俺たち以外の奴らもようやく気付いたってことだ。焦らず、気負わず、俺たちのペースでできることをやろうぜ」

「そうだね……うん！」

半ば強がりでロディが笑うと、ミリーもそれを理解して笑顔で頷く。

ほどなくして二人は、依頼の場所に到着した。

今日の標的はワーウルフ。狼によく似た生態を持つ魔物だ。

魔窟《まくつ》の封印が緩む前は野生の狼よりも小柄で大人しく放置されていたが、今は違う。

狼よりも一回り大きな体躯を獲得——否、取り戻し、俊敏《しゅんびん》な動きをもって鋭い牙で獲物に喰らいつく厄介な相手に変貌した。

ワーウルフだけではない。スライム、ゴブリン、オーク……もはやどんな魔物相手だろうとこの地で油断することはできない。

これまでの平和な日常は、もう終わったのだ。

「……いたぞ」

ロディは声を潜め、顎をしゃくって標的の発見をミリーに報せる。

ワーウルフは素材として利用できる箇所が多い。牙、爪、そして皮。特に皮は傷を付けなければ相当な高値で売れる。

できれば身体は傷つけずに倒したいが、欲張って依頼を失敗すれば元も子もない。

とにかく倒す。目的を履き違えないように自戒しながら、ロディはゆっくりとワーウルフに近づいていく。

「……」

音を立てないようミリーにハンドサインを出すと、彼女は木々の中に姿を消した。

ワーウルフはゴブリンほどではないが、単独で行動しないことが特徴として挙げられる。

これがなかなか曲者《くせもの》だ。複数で連携されると、Bランクの冒険者でもやられることがある。

それを避けるためには――相手を分断し、素早く頭数を減らさなければならない。

ロディ達が取った作戦は、奇襲だ。

（三、二、一――）

心の中で唱えた数字がゼロになった瞬間――ワーウルフの集団に掌《てのひら》大の玉が投げ込まれる。それは地面に触れた瞬間、盛大に爆発し、爆音とともに辺りは煙に包まれた。

ミリー特製の煙玉だ。中には獣の嗅覚を狂わせる独特な香料も入っており、音で注意を引きつけると共にワーウルフの鋭敏な鼻を封じ込める。

音に驚いたワーウルフが、その場から反射的に飛び退く。

「――ふっ！」

ロディはタイミングを合わせ、その中の一匹の着地と重なるよう大上段から斬り付ける。

刃は首の半分ほどしか入らなかったが、それで十分だ。ワーウルフは痛みにもがきながら、大地を血で汚していく。

（まず一匹！）

「えい！　やあ！」

ロディと同じく、ミリーも煙に乗じてワーウルフに襲いかかる。

普段は間延びした口調で動きも鈍い彼女だが、戦闘中は打って変わって俊敏《しゅんびん》だ。本人曰く、日常ではあえて気を抜くことで力を蓄《たくわ》えているとか。

取り回しやすい短剣を何本も使い、たじろぐワーウルフの喉にそれを突き立てていく。

魔物との戦闘は長引くほど不利になる。

奇襲と短期決戦。両前衛だからこそ実現できた攻撃的な戦闘スタイルだ。

あと一体倒せば依頼達成だ――と、安堵したのも束の間。

「ロディ気を付けて！　強化個体が混じってる！」

「なに!?」

切羽詰まった様子の相棒に、思わずロディも上擦《うわず》った声を返す。

魔物の強さは個体ごとに多少上下するものの、基本的には一律だ。しかし、中にはそれらを逸脱した強さを持つ魔物がいる。同じ種族なのにそいつだけやけに身体が硬い、知恵が回る……そんな個体のことを、冒険者の間では強化個体と呼んでいた。

「ち。運が悪ぃな」

予期せぬ強化個体との戦いはまだロディとミリーの手に余る。

逃げて応援を求めるのが定石だが、俊敏《しゅんびん》なワーウルフが相手となるとそうもいかない。背中を向けている間に追いつかれてしまうだろう。

多少の傷を覚悟で討伐する。そうロディが決心した瞬間——魔物はもう、彼の目の前で顎《あぎと》を開けていた。

喉の奥から聞こえる唸《うな》り声が鼓膜を揺らす。

口を閉じる前に剣を衝立《ついたて》のようにして防ぐが、あと数秒遅れれば頭を喰われていた。

「つらあ！」

ワーウルフの肋骨《ろっこつ》——大事な臓器の詰まった箇所に渾身の蹴りを放つが、想像以上に硬い皮膚に弾かれ、効果的なダメージは与えられなかった。

(硬……ッ。速さといい、この個体、第二段階のレベルじゃねえぞ!?)

一回り大きな体躯。顎の力。牙の硬度。そして皮膚の硬さ。どれも先程までのワーウルフとは比べものにならない。

競り合えているのが奇跡だ。受けた瞬間、僅かでも重心が後ろに傾いていたらそのまま押し倒されていた。

「ロディを——離せえええ！」

ミリーが強化個体のワーウルフの心臓めがけて短剣を突き立てるが、やはり刃は入っていかない。

毛皮と皮膚の上を滑り、僅かな傷を付けるだけに終わった。

しかしその攻撃で、ロディに向いていたワーウルフの意識がミリーを捉えた。

「おいミリー、逃げ——……」

ワーウルフの口を押さえていたロディの剣が、悲鳴を上げる。ワーウルフが顎の力を強め、噛み砕こうとしているのだ。

鍛冶師によって鍛《きた》え上げられた鉄の剣はしばらく持ち堪えていたが——やがて真っ二つに割れた。

ワーウルフは折れた剣を吐き出すと、前足で払うようにロディの身体を弾いた。

犬と同じ動き——と言えば可愛らしく思えるが、威力は桁違《けたちが》いだ。

冗談のようにロディの身体は遠くまで吹き飛ばされ、そのまま地面に叩きつけられる。

「ぐああ！」

「ロディ！」

弾かれた拍子に当たった爪が、ロディの左腕に無残な痕を残していた。三本に真っ直ぐ走った傷口から血が溢れ、処理しきれないほどの痛みがロディを襲った。

(俺——死ぬのか？)

生まれて初めての、死の恐怖。

思っていたより怖くないのは、もう頭がそれを理解することを放棄しているからだろうか。

ロディが戦闘不能と知るや否や、ワーウルフはミリーへと頭を向けた。

先に危険なロディをしっかりと排除したところで、弱いミリーに襲いかかる。身体能力だけでなく、知恵も回る個体だ。

「き、来なさい！　この犬ころ！」

ミリーが短剣を向けるが、ワーウルフは余裕の表情でのそりのそりと近づいていく。

同じ前衛職といえど、ミリーはロディよりも膂力《りょりょく》も体力も低い。ワーウルフが飛びかかればひとたまりもないだろう。

（相棒を殺させるわけには――いかねぇよ）

その瞬間、ロディはありえないほど冷静に手持ちの武器を再確認した。

身体――左腕以外はなんとか動く。得物――折れた剣。

――これだけで十分だ。

平和だったスタングランド王国では、まだまだDやEランクの冒険者の方が多い。

強化個体を倒せる冒険者は多くない。Cランクである自分が、ここで確実に仕留めなければならない。

「ぐ――おおおおおおおッ！」

ロディは痺《しび》れる身体に鞭《むち》を打ち、ワーウルフとミリーの前に立ち塞がった。

この傷で、あの体勢から、どうやってここまで素早く動けたのかは自分でも分からない。

火事場のなんとやら、というやつだろう。

驚き、再びロディの喉元に喰らいつこうとするワーウルフ。

防御するための剣はもうない。

(どうせもう使い物にならねえんだ。最後に役に立て)

ロディは自ら、左手をワーウルフの喉の奥に突っ込んだ。

――顎が閉じ、鋭い牙がロディの皮膚をいとも簡単に食い破る。

「ロディ!? 何やってるの!」

悲痛なミリーの声。それに言葉を返す余裕はない。

ワーウルフの牙はロディの肉を穿《うが》ち、骨ごと食いちぎろうとしている。長くは保たない。

メリメリと身体の内側に響く不協和音を聞きながら、ロディは折れた剣を動きの止まったワーウルフの横っ腹に深々と突き刺した。

弾かれるかもしれない、という心配はなぜかなかった。

理由は説明できないが、ここなら確実に刃が通る――そんな場所を、針の穴を通すような正確さで貫く。

折れた剣は想像の通りにワーウルフの皮膚を破った。

そのまま刃を下に、ぐい、と動かし傷口を広げると、役目を終えたように剣は根元から折れた。

硬い皮膚さえなければ、後はやれる。

「ミリー! トドメを刺せ!」

「! わあああああ!」

意図を察したミリーが、ロディの開けたワーウルフの傷口に短剣を突き立てた。

さすがにたまらず、ワーウルフの身体が跳ね上がる。

「おおっと。暴れるんじゃねえよ」

左手を噛ませたまま、ロディは右腕をワーウルフの首に回し、全体重をかけて押さえ込む。

「この……この、このぉぉぉぉ！」

ミリーはそのまま、何度も、何度も攻撃し続けた。

短剣がワーウルフの肋骨《ろっこつ》をすり抜け、肺腑の奥の奥まで――彼女の手がワーウルフの身体の中に入るほど――深く、深く、貫く。

やがて刃は心臓にまで到達し、徐々にワーウルフの身体から力が抜けていく。

「……やったぜ」

払った犠牲《ぎせい》は大きかったが、ロディは確かな達成感に酔いしれていた。

▼

「大丈夫⁉　ロディ！」

「平気だ。お前こそ怪我を」

「こんなの何でもないよ！」

なけなしの消毒液をすべて振りまき、ミリーは泣きそうな声でロディを立たせる。

咄嗟《とっさ》に犠牲《ぎせい》にした左腕は見事に感覚が消失している。一応原型を留めてはいるが、血で真っ赤に染まっておりピクリとも動かない。

「歩ける!?　すぐお医者様に診てもらわないと！」

「っつってもなぁ。どう見ても手遅れだろ」

「とにかく帰るのよ！」

痛みがないせいか、どこか他人事のようにロディはぼやく。

「心配すんな。腕がなくても冒険者はやれる」

切断は免《まぬが》れないだろうが、切るとしても肘より先だ。それに利《き》き腕は無事なので仕事に大きな支障はない。

「そういう心配してるんじゃないのよ！」

これまで聞いたことのない切羽詰まったミリーの声。彼女は血がこれ以上流れないようにロディの傷口をきつく縛り、布で何重にも巻いていく。

(こいつもこんな顔で、こんな声を出すんだな)

普段ののほほんとしたミリー。

戦闘中の俊敏《しゅんびん》なミリー。

彼女の様々な表情を見尽くしたつもりだったが、こんな一面もあるのかとロディは内心で驚いていた。

「歩けるわよね？　肩貸すから、早く行くわよ！」

「早く帰ったって一緒だって。もう終わったし、ゆっくり戻ろうぜ」

「いいから足を動かせこのバカ！」

▼

ミリーに何度も励ましと罵倒《ばとう》をもらいつつ、なんとか医者に診てもらうことができた。

かつては怪我人がおらず閑古鳥《かんこどり》が鳴いていた診療所だが、今は次々と新しい診療所が開設されている。

怪我人が多いということを喜ぶべきかはさておき、それなりに繁盛しているのは間違いない。

「強化個体と遭遇したって？　災難だったね」

「まあ、こういう仕事ですから」

左前腕部の咬創《こうそう》。骨折。さらに魔物の毒による腐食。

予想した通り、切断以外に方法はないと言われた。

ショックを受けていないと言うと嘘だが——それよりもロディは、死の間際で感じたあの感覚を必死で思い出していた。

全能感というにはほど遠いが、自分の身体を十全に使えた感覚。

思い込みなどではない。その証拠に、折れた剣と僅かな力だけで強化個体のワーウルフの皮膚を斬り裂くことができた。

「冒険者ギルドへはこちらから使いを出すから、報告はしなくていいよ」

「助かります」

医者はロディの診療録《カルテ》を眺めながら、手紙にそれを書き写している。

ミリーは浅い傷だったので、包帯を巻いただけですぐに外に出された。

ロディは応急処置として、とりあえず止血されている。

「この腕、今から切るんですか？」

「いや、切らないよ」

「え？」

面食らうロディに、医者は嘆息した。

「冒険者規則。先月更新されたんだけど、読んでないね？」

「……ちょっと、忙しくて」

「冒険者はみんなそう言うね。仕事がたくさんあって何よりだよ」

皮肉を交えながら、医者は更新された冒険者規則——冒険者としての心構えや禁止事項をまとめたもの——の、更新された部分を教えてくれた。

「『冒険者が魔物討伐中に傷を負った場合、優先的に聖女の治療を受けることができる』——これが追加された文言だよ」

特に、命に関わるような怪我や四肢の欠損は最優先で治療してくれる、とも教えてくれた。

「という訳で、はい紹介状。これ持ってすぐ教会に行って」

医者から薄い封筒を渡され、これで仕事は終わりましたと言わんばかりにロディは外に追い出された。

▼

「ねえ、早くしてよ」

「ううん……でも、なぁ」

ミリーに引っ張られ、ロディは教会前に辿り着いた。

優先的に、医者が匙《さじ》を投げた傷を治療してもらえる。しかも、無料で。

行かない理由はない――が、ロディは及び腰になっていた。

「ミリーならともかく、俺はなぁ……さんざん聖女様の陰口叩いてたし」

先ほど述べたように、ロディはかつて聖女を馬鹿にしていた。

力が伸びないこと、理不尽なことをひっくるめてすべて彼女のせいにしていた。

当の聖女は、こちらを守ってくれていたのにもかかわらず、だ。

「やめるとか有り得ないからね！　利《き》き腕じゃないけど、すごく不便になるのよ」

スタングランド王国で腕や足を失った冒険者はほとんど居ないが、魔物の多い周辺の国では珍しくない。

他国の冒険者と何度か話をしたこともあるが、彼らは口を揃えて『手足を失くしても慣れはするが不便』と言っていた。

そして身体の欠損は、一生治らない。

一生、不便さと付き合っていかなくてはならない。

しかし、聖女の力なら腕の欠損くらい訳もなく治せるという。

噂によると、ギガンテスに潰されて虫の息だった冒険者を傷跡もなく治療してみせた、とのことだ。

治療は魅力的だが、負い目が……ぐるぐると考えるうち、ロディはその場にうずくまった。

「うう……」

「そんなに悩むこと⁉」

「いや、違う……」

ロディは顔を上げる。

気付かないうちに顔は青ざめ、額には脂汗が浮かんでいた。

「……めちゃくちゃ痛くなってきた」

普通に考えれば、腕を食いちぎられるほどの傷を負って痛くないなどあり得ない。

ここにきて戦闘の興奮状態が抜け、痛覚が戻ってきていた。

「だから言ったじゃないの！　ロディのバカ！　ほら早く！」

「うう……」

ミリーに押され、とうとうロディは教会の中にある治療院へ足を踏み入れた。

待ち時間はほとんどなかった。

紹介状と依頼書を確認され、長蛇の列が並ぶ横をすぐに通してもらえる。

そこに優越感などはなく、ただただ痛みだけがロディの頭を支配していた。

（痛え痛え痛え痛え痛え痛え痛え痛え痛え……痛ええええええ）

案内されたのは質素な両開きの扉だ。

両隣には護衛の騎士が配置され、すぐ近くには傷病者を一時的に寝かせられる簡易ベッドも用意されている。

（この部屋の、……中に、聖女様が……）

痛みに支配されつつ、やはり負い目は感じてしまう。

一体、どんな顔をして会えばいいんだろうか。

迷う暇すらなく、すぐ呼ばれた。

「次の方、どうぞ」

▼

治療室は想像以上に広かった。

開けた室内に天井のステンドグラスから太陽の光が柔らかく差し込んでいる。奥の壁に面した部分だけが一段高くなっており、そこにぽつんとベッドが置いてあった。

治療院、と称しているだけあり、少々血の臭いがする。

そして奥のベッドの側に、彼女はいた。

「こちらへどうぞ」

第十代聖女ルイーゼ。

銀の髪と、宝石を思わせる蒼い瞳。白い肌と精緻な人形を思わせる造形。

治療を受けた知り合いの冒険者は、彼女を指して天使と呼んでいたが、まさに的を射た比喩だ、とロディは思った。

背は低く、顔もどちらかといえば幼いが、そうは感じさせない意志の強さが瞳から滲《にじ》んでいる。

この道数十年の鍛冶師が鉄を打っている時に見せるような迫力に、ロディは息を詰まらせた。

(エリックが言ってたやつはこれか……！)

ルイーゼは医師からの紹介状に目を通したのち、ロディに向かって首を傾げた。

さらりとした銀髪が揺れ、思わず脈がおかしくなる。

「どうしたの？」

「――え？」

どうやら、いつまで経ってもこちらに来ないことを不思議がっているようだ。

同じようにルイーゼの雰囲気に呑まれていたミリーも、「はひ!?」と奇妙な鳴き声を上げた。

「もしかして、診療所からここまでで症状が悪くなった？　痛いなら動かないで。そこで治療するわ」

ルイーゼは一段だけ高くなった場所から降り、すたすたと歩み寄って来る。

聖女を自分たちと同じ高さに降ろしてしまった。それだけで、ロディの胸を罪悪感が駆け巡る。

「――あの、いえ！　大丈夫です！　すぐに行かせていただきま……痛てて」

オークの突進を全力で受け止めるような心持ちで、ロディは両手を前に突き出した。

急激に動かしたはずみで包帯が緩み、聖女に見蕩《みと》れて忘れていた痛みが再び湧き上がる。

「無理しないで。少しだけ、傷口を見せてね」

ルイーゼはロディの目の前で膝をつき、慣れた手つきで彼の包帯を外《はず》した。

自分でも直視が憚《はばか》られるような酷い傷口だったが、聖女は目を逸らすことなく正視し、表情を歪めた。

「……魔物にやられたのね」

「えと、はい。ヘマやっちまいまして」

「ごめんなさい」

整った眉が歪んでいるのは、見るに堪えない傷だから――ではない。

ルイーゼの表情から読み取れる感情は、罪悪感だ。

魔窟《まくつ》の力を封じ込める役割を放棄した。それは聖女であるルイーゼにとって、どんなことよりも辛い選択だったのだ。

一部では「自分の地位を取り戻すために国民を犠牲《ぎせい》にした」などという批判が起きているが、全くの的外《はず》れだとロディは思った。

祈らない。そう選択せざるを得ない状況にまで彼女を追い詰めたのはかつての第五王子ニック――そして聖女を貶《おとし》め続けた、国民自身だ。

なのにルイーゼはそれらを誰の責任にもせず、自分の罪として受け止めている。

冒険者規則が改定されたのは、罪滅ぼしの表れなのだ。

「『癒しの唄《うた》』」

ルイーゼは独特の韻《いん》を踏む唄《うた》を口ずさむ。

途端にロディを苛《さいな》んでいた痛みが消え、赤黒い肉の塊と化していた左腕が、徐々に形を取り戻していく。

よく見ると、ルイーゼの額には汗が浮かび、法衣は膝が汚れていた。

まだ外には長蛇の列ができていたことをロディは思い出す。

あれだけの人数を、ルイーゼはたった一人で癒さなければならない。

聖女が祈らなかったことで起きた一週間の事件は、ルイーゼの中ではまだ続いているのだろう。

魔窟《まくつ》を完全に封じ、魔物による被害がなくなるその日まで、彼女は罪悪感を胸に治療を続ける。

これは本人の口から聞いた訳ではないので、ロディの単なる想像に過ぎない。でもきっとそうだ。

ほんの数分、同じ空間に居ただけでルイーゼの覚悟が伝わってきた。

「――はい、終わったわよ」

疲労を隠し薄く笑うルイーゼ。それから彼女は付き添いのミリーにも目を向けた。

「あなたも怪我をしてるわね」

「いいえ、私は全然！　軽傷なので！」

ロディと同じくルイーゼを凝視していたミリーは慌てて傷を隠そうとしたが、遅かった。

ルイーゼはロディと同じようにミリーの傷口を確認してから、癒しの唄《うた》を使う。

欠損した肉体すら治せる治療術。彼女には決して軽くない重圧がのし掛かっているはずだ。なのにルイーゼはそれを気安く使う。

「せせせ、聖女様⁉」

「魔物と戦ってくれているんでしょう？　私は戦えないから、これくらいのことはしないと」

ロディは膝をついた体勢のまま、床に手をついてルイーゼに頭を下げた。

「聖女様。謝るのは俺のほうです」

ロディはそれまで聖女の力を疑っていたことを白状した。

怒られ、罵倒《ばとう》されることを覚悟していたが――ルイーゼは、肩をすくめただけだった。

「今は？　まだ聖女を疑ってる？」

「いいえ。聖女様の力は本物です」

「ならいいのよ」

「え？」

ルイーゼはロディの頭を上げさせると、目線を合わせて微笑む。

「これまでは疑っていたけど、今は違う――それだけで十分」

ぽん、と肩を叩いてから、ルイーゼは手をひらひらと振った。

「また怪我をしたらいらっしゃい。遠慮なんていらないからね」

(天使だ)

(天使様……)

ロディとミリーは、あるはずのない羽をルイーゼの背中に幻視した。

▼

宿に戻ってからも、ロディとミリーは聖女の話を続けていた。

「聖女様、すごいな」

「うん。びっくりだよ～……」

ようやくいつもの調子を取り戻したミリーが、間延びした口調で同意する。

何がどうすごいのか。具体的なことは何も言えないが、二人の間にはそれだけで通じるものがあった。

ルイーゼは、崇高な魂を持った歴代最高の聖女だ。

しかし——どこか、危うさを秘めている。

うまく言えないが……誰かを助けるためなら、自分の身を危険に晒《さら》すようなことでも平気でやりそうな気配を感じた。

もちろん、これも想像でしかないが。

「……」

ロディは左腕を掲げ、目の前で握り拳を作る。

まだ若干の違和感があるが、それも数日で元に戻る、とのことだ。

「聖女様に治してもらったんだから、もう危ないことはしないでよ～？」

「分かってる。そのためにも、もっと強くならないとな」

ライバルに追いつくため。

そして――聖女の負担を少しでも減らすために。

ぽっかりと空いていたロディの目標がいま、明確に定まった。

(俺は――聖女様のために強くなる!)

「……」

ふと思い出し、ロディは懐《ふところ》に丸めて入れていたチラシを取り出した。

――聖女応援同好会。

「……入ろうかな」

「ずるい。私も～」

こうして、本人の知らないところでまた二人、新たなルイーゼの信者が誕生していた。

新＊感＊覚 ファンタジー！

レジーナブックス Regina

ハッピーエンドの
その先へ！

魅了が解けた世界では

暮田呉子《くれたくれこ》
イラスト：春野薫久

かつて、幼い頃からの婚約者を追放、婚約破棄し真実の愛を手に入れたボルビアン国の王子・エリオット。婚約破棄から５年が経ち、幸せな日々を送る彼の前に隣国ネオシィスト王国からもたらされた一つの魔道具が現れた。魔道具——銀のブレスレットは毒や呪いを防ぐもの。そのブレスレットでエリオットは妻・ジュリエナから魅了の呪いを掛けられていたと気が付いて……？

詳しくは公式サイトにてご確認ください。

https://www.regina-books.com/

携帯サイトはこちらから！

泣いて謝られても教会には戻りません！

追放された元聖女候補ですが、同じく追放された『剣神』さまと意気投合したので第二の人生を始めてます
婚約破棄され追放されたけど…

実は神様の癒しの力、持ってました!?

アルファポリス 第13回 ファンタジー小説大賞 大賞 受賞作！

根も葉もない汚名を着せられ、王太子に婚約破棄された挙句に教会を追放された元聖女候補セルビア。

家なし金なし仕事なしになった彼女は、ひょんなことから『剣神』と呼ばれる剣士ハルクに出会う。彼も「役立たず」と言われ、貢献してきたパーティを追放されたらしい。なんだか似た境遇の二人は意気投合!

ハルクは一緒に旅をしないかとセルビアを誘う。

――今まで国に尽くしたのだから、もう好きに生きてもいいですよね?

彼女は国を出て、第二の人生を始めることを決意。するとその旅の道中で、セルビアの規格外すぎる力が次々に発覚して――!?

神に愛された元聖女候補と最強剣士の超爽快ファンタジー、開幕!

◉定価：1320円（10%税込）　◉ISBN：978-4-434-29121-0　◉Illustration：吉田ばな
ヒツキノドカ

RC
Regina COMICS
最後にひとつだけお願いしてもよろしいでしょうか 1～4
原作 鳳ナナ
漫画 ほおのきソラ
シリーズ累計45万部（電子含む）
待望のコミカライズ！
舞踏会の最中に、第二王子カイルから、いきなり婚約破棄を告げられたスカーレット。さらには、あらぬ罪を着せられて〝悪役令嬢〟呼ばわりされ、大勢の貴族達から糾弾される羽目に。今までずっと我慢してきたけれど、おバカなカイルに付き合うのは、もう限界！　アタマに来たスカーレットは、あるお願いを口にする。──『最後に、貴方達をブッ飛ばしてもよろしいですか？』
アルファポリスWebサイトにて
好評連載中！
聖女を狙う魔を拳で返り討ち!?
新章開幕!!
シリーズ累計450,000部突破!!!
大好評発売中！
アルファポリス 漫画 検索
B6判／各定価：748円（10%税込）

RC
Regina COMICS
転移先は薬師が少ない世界でした
1
［原作］饕餮
［漫画］夏野はるお
待望のコミカライズ！
大好評発売中！

転移先は薬師が少ない世界でした
1
強制転移のお詫びでも…
神様！この調薬スキル、チートすぎます…!!

私は悪役令嬢なんかじゃないっ!!
Regina COMICS
原作＝音無砂月
漫画＝不二原理夏
1~3
大好評発売中！
闇使いだからって必ずしも悪役だと思うなよ
汚名返上サクセスファンタジー待望のコミカライズ！
とある事件のせいで生涯を終えた桜《さくら》。自分の人生こんなものか……と落ち込んだのもつかの間、気づけばかつて読んでいた小説の世界に、悪役令嬢のクローディアとして転生していた！ しかも、闇の精霊王の加護を持つ彼女は人々に嫌われ、最期はヒロインに殺される運命で!? 前世でも今世でも破滅エンドなんて嫌！ なんとかシナリオを変えるべく、行動を開始したけど――？
裏ボス登場で大ピンチ!?
闇の力で悪役人生にケリをつけましょう
アルファポリス 漫画 検索
B6判／各定価：748円（10%税込）

この作品に対する皆様のご意見・ご感想をお待ちしております。

おハガキ・お手紙は以下の宛先にお送りください。

【宛先】

〒150-6008 東京都渋谷区恵比寿 4-20-3 恵比寿ｶﾞｰﾃﾞﾝﾌﾟﾚｲｽﾀﾜｰ 8F
（株）アルファポリス　書籍感想係

メールフォームでのご意見・ご感想は右のＱＲコードから、
あるいは以下のワードで検索をかけてください。

アルファポリス　書籍の感想　検索

ご感想はこちらから

本書は、「アルファポリス」（https://www.alphapolis.co.jp/）に掲載されていたものを、改稿、加筆のうえ、書籍化したものです。

「聖女《せいじょ》など不要《ふよう》」と言《い》われて怒《おこ》った聖女《せいじょ》が
一週間祈《いっしゅうかんいの》ることをやめた結果《けっか》→2

八緒あいら（やおあいら）

2021年 9月 5日初版発行

編集－古屋日菜子・篠木歩
編集長－倉持真理
発行者－梶本雄介
発行所－株式会社アルファポリス
〒150-6008 東京都渋谷区恵比寿4-20-3 恵比寿ｶﾞｰﾃﾞﾝﾌﾟﾚｲｽﾀﾜｰ8F
TEL 03-6277-1601（営業） 03-6277-1602（編集）
URL https://www.alphapolis.co.jp/
発売元－株式会社星雲社（共同出版社・流通責任出版社）
〒112-0005 東京都文京区水道1-3-30
TEL 03-3868-3275
装丁・本文イラスト－茲助
装丁デザイン－AFTERGLOW
（レーベルフォーマットデザイン―ansyyqdesign）
印刷－中央精版印刷株式会社

価格はカバーに表示されてあります。

落丁乱丁の場合はアルファポリスまでご連絡ください。

送料は小社負担でお取り替えします。


ISBN978-4-434-29290-3 C0093